Fearful

Fearful

LAUREN ROBERTS

Traducción de
Cristina Macía

ALFAGUARA

Fearful

Título original: *Fearful*

Primera edición: noviembre, 2025

ISBN: 979-8-89098-616-0

Impreso en Colombia – *Printed in Colombia*

Para los que tienen miedo,
del amor o de otras cosas:
eres más valiente de lo que crees

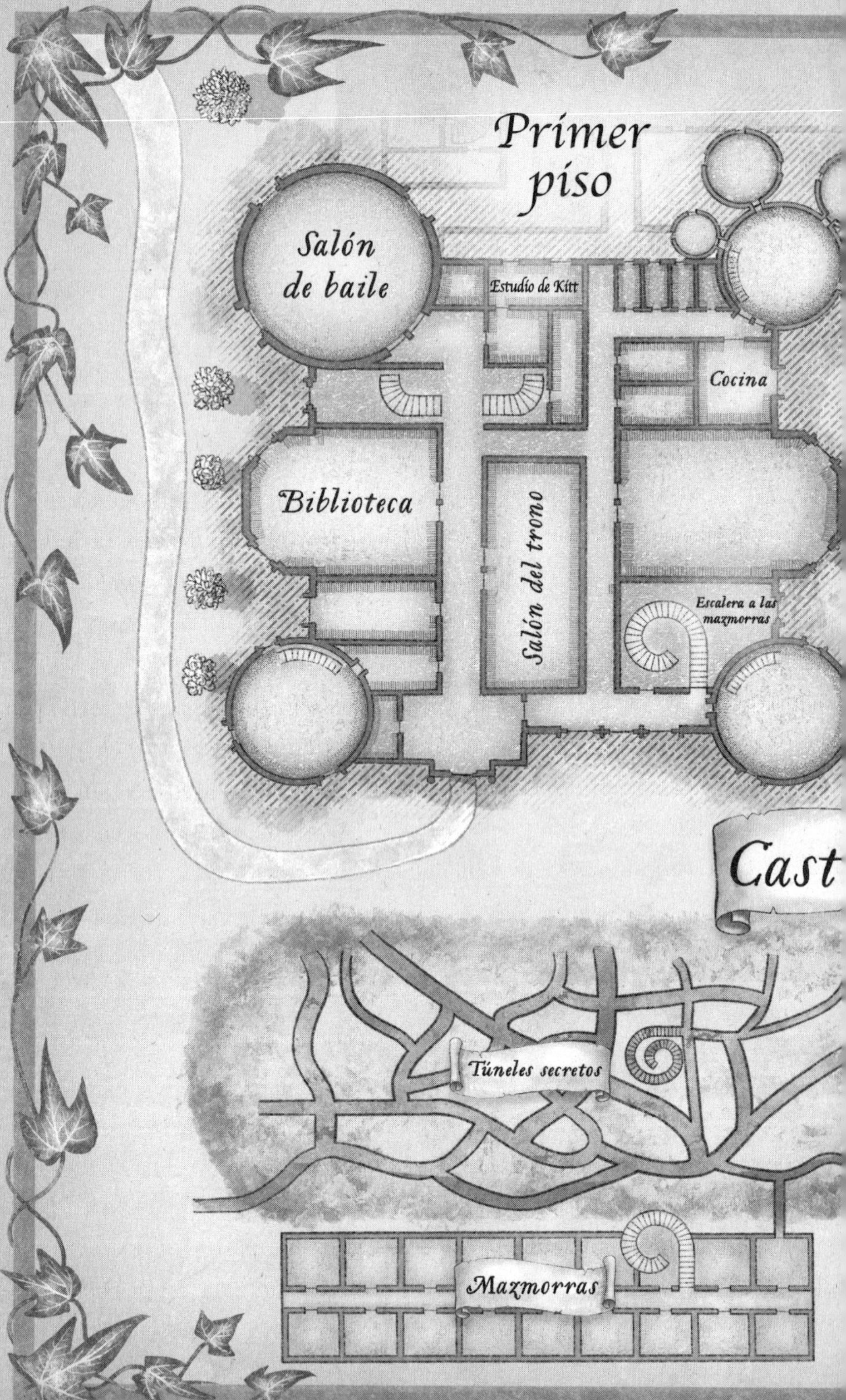
Primer piso
Salón de baile
Estudio de Kitt
Cocina
Biblioteca
Salón del trono
Escalera a las mazmorras
Cast
Túneles secretos
Mazmorras

Segundo piso
Habitación de Blair
Habitación de Kai
Habitaciones de la anterior reina
Habitaciones del rey
Habitaciones de la reina
zer

Astrio
Ignotus

Tando
Izram
Dor

PRÓLOGO

Mara

Los muertos se resisten como si aún tuvieran algo por lo que vivir.

Este cuerpo resultaba más pesado que los demás al seguir los pasos de la Muerte. Pero no era con ese agotamiento del humano que tiene que arrastrar un cadáver, porque la Muerte cuenta con todo el equipamiento necesario para condenar a los muertos. Cuando invoca fuerza, esta responde. Cuando es necesaria la tentación, luce belleza como si se tratara de una armadura. Y, cuando tiene que estar a la altura de su fama despiadada, la Muerte lo está, por supuesto.

No conviene olvidarlo.

No, lo que la ralentiza es el peso del alma del hombre. Una oscuridad que envuelve su corazón detenido, que le cubre la piel fría con pecados del pasado, resbaladizos como el aceite bajo el tacto de la Muerte. Esta arrastra por el tobillo al hombre que suplica, atraviesa el lodazal empantanado mientras lo lleva agarrado solo con los dedos imprescindibles. A la Muerte no le gusta mancharse las manos. Puede que el hombre esté muerto en el mundo de los vivos, pero, aquí, la muerte es una merced que hay que ganarse, así que el cuerpo rígido se retuerce por el lodo mientras suplica clemencia y se le llena la boca abierta de lodo negro.

La Muerte no mira hacia atrás. Ya sabe cómo es el rostro del deber. Está tan condenada como las almas con las que carga.

La espesa niebla repta por el mundo inmerso en la podredumbre. Ahoga al hombre que arrastra, se arremolina en el camino de la Muerte. Entre los vapores ominosos, la Muerte se detiene bajo un árbol podrido para recuperar el aliento. Por suerte, el mar de niebla en el que el hombre se ahoga ahora ha mitigado el hedor de su alma mancillada. La Muerte aprovecha el momento de calma para escudriñar entre las ramas desnudas que se alzan hacia un cielo siempre gris. Los árboles retorcidos brotan del lodo como dedos huesudos, señalan hacia la vida que hay más allá de este cementerio con pretensiones.

La Muerte no se inmuta ante lo escalofriante de su lugar de nacimiento (lo es, en sentido metafórico, claro); camina entre los árboles blanquecinos, siempre con el alma a rastras. El musgo cuelga de cada rama y le acaricia la cara como si fuera un espantoso velo. Como si fuera una novia que regresa tras haberse fugado.

El Mors da la bienvenida a los suyos.

La Muerte sigue arrastrando el alma entre los árboles esqueléticos y ríe al abrirse camino por las cortinas de musgo. A los árboles les encanta chismorrear. Los hay que solo oyen el susurro del viento entre las ramas, pero los que han visto en persona a la muerte siempre la reconocen en la voz de los demás.

Los huesos crujen a los pies de la Muerte. El alma, con el tobillo magullado bajo los dedos delicados de una mujer de engañoso atractivo, grita cuando un fémur amputado le araña la piel embarrada (hasta la Muerte reconoce que con lo de los huesos se excedió un poco). La sangre le corre por el brazo y empapa la tierra putrefacta, que absorbe con ansia una vida que rara vez le es dado probar. El hombre aúlla cuando, debajo de él, el terreno empieza a respirar como la criatura babeante que es.

—Todavía no —reprende la Muerte con voz amable al apetito voraz de la tierra.

La respuesta es una suave vibración bajo ella mientras el alma sigue forcejeando con violencia.

La Muerte desenvaina con la mano libre una espada larga, ennegrecida, y utiliza la punta manchada de almas para apartar los huesos que le bloquean el paso (porque tampoco le gusta ensuciarse las botas).

Al ver la hoja, que ahora gotea un vapor negro como la tinta, el hombre aúlla de nuevo:

—¡Por favor! ¡Deja que me vaya, por favor! ¡Te…!

—No hace falta gritar. —La voz de la Muerte es delicada, tal vez se podría decir que suena hasta sincera. Por primera vez desde que la arrancó de entre los vivos, se da la vuelta para mirar al alma que arrastra. «Resulta fascinante lo poco memorable que es», piensa al recorrer con los ojos ambarinos el pelo castaño sucio, las facciones llenas de lodo. Pero tiene el miedo en el rostro, y eso es aburrido, aunque también familiar—. Aquí no te oye nadie —termina de decir.

El hombre parpadea, espantado.

—P-pero… tú me oyes…

La Muerte se concede un momento de compasión hacia esa alma.

—No soy quien querrías que respondiera a tus plegarias.

La punta de la espada negra le cuelga de la mano y la arrastra por el terreno reseco, levantando chispas a su paso. El hombre farfulla algo.

—No te preocupes por los huesos —le responde la Muerte—. Los pongo por el efecto que causan.

—¿Q-qué? —se atraganta el hombre.

—Los humanos albergan muchas expectativas sobre la muerte. Todos la temen, sí, pero se pasan la vida preguntándose si será tan terrible. —La Muerte se humedece los labios, y dice… la verdad, como suele ser habitual. No tiene tiempo para guardar las apariencias—. No quiero decepcionarlos.

Por suerte, el hombre deja de forcejear.

—Entonces, los huesos… ¿no son reales?

—Qué pregunta tan tonta. —Ahí vuelve la adorable brusquedad de la Muerte—. Sobre todo, teniendo en cuenta que ya sabes la respuesta.

La cooperación del alma no duró mucho.

La Muerte suspira y suelta el tobillo del hombre. Los árboles cenicientos se alzan sobre ellos, y el alma parpadea al contemplar el musgo de las ramas desde la tierra corrompida. La Muerte saca de su capa un pañuelo para limpiarse de las manos la mugre del alma pecadora.

—Ya te puedes ir.

El hombre se incorpora de repente. El lodo le gotea por la barbilla, igual que la incredulidad que se le derrama de la boca.

—¿P-puedo… irme?

—O quédate ahí tumbado, si quieres. —La Muerte se encoge de hombros. Y eso, justo eso, hace que el hombre se estremezca a sus pies. Es un gesto despreocupado, como si hubiera llevado puesta una piel humana que no le sentara del todo bien—. Puedes hacer lo que te parezca —se limita a señalar.

—Pero… ¿qué tengo que hacer? —pregunta el hombre, titubeante.

—Busca la salida del Mors. —La Muerte da un paso hacia atrás—. O no.

El alma se pone de pie como puede antes de empezar a preguntar:

—¿Se puede salir de aquí? ¿Qué he de buscar? ¿Podré volver a casa?

La Muerte no responde a nadie. Los deja con una promesa a la que muchos se han aferrado toda la eternidad.

—Aquí estás solo. A menos que encuentres la salida.

Entonces se da la vuelta y condena a esa alma a la soledad.

Pero en realidad el hombre nunca estará solo del todo.

La Muerte alza la vista y ve un enjambre de almas, casi un mar. Es como un manto ondulante, los cuerpos cubren cada centímetro de la tierra yerma. Hay desesperación en cada rostro, en cada alma que busca su liberación. Se atraviesan unas a otras, ignorantes de todo lo que no sea la soledad que las devora desde dentro.

La Muerte las atraviesa, pasa entre ellas como una guadaña que cortara las sombras.

Al volver la vista atrás, ve al alma más reciente, que busca la salida en la tierra agrietada. La esperanza le ilumina los ojos al escarbar entre el lodo, sin distinguir a las docenas de almas que hacen lo mismo a su alrededor.

La Muerte aparta la vista, decepcionada.

Al final todas se desgastan, se apagan. El aislamiento les devora la mente, pero las que no son capaces de aceptar su destino siguen buscando una salida. El zumbido constante de los alaridos de esas almas es la canción de cuna a cuyo ritmo camina la Muerte. Porque, muchas veces, sin saberlo, armonizan su pesar.

Hay llantos, claro (es la reacción más obvia). Luego están las almas que miran con la vista desenfocada el cielo opaco; llevan allí mucho tiempo y ya no tienen energías para hacer nada más. Y también están las que han registrado cada palmo del Mors en busca de su libertad y han perdido la razón.

Hay un alma en concreto (la Muerte conoce a todas y cada una de sus víctimas, y esta mujer lleva casi un milenio en el Mors) que le está dando zarpazos a un árbol susurrante.

—¡Déjame entrar! ¡Déjame entrar! ¡Sé que estás ahí!

La Muerte aparta la mirada y pasa de largo junto a una mujer que implora buscando refugio bajo un árbol. Su susurro le resulta familiar; el alma que hay dentro es amiga. Así que la Muerte se sienta entre las raíces retorcidas del árbol y apoya la cabeza contra el tronco gris. Cierra los ojos y jala los cordones deshilachados de los que penden todos los humanos. La Muerte no elige a quién dejar caer de la cuerda floja, solo a quién agarrar primero cuando cae.

Este es su destino: acompañar a otros hacia él.

Innumerables líneas vitales brotan de la mente de la Muerte como una compleja telaraña. Juega con las que ya se están desgastando: una mujer a la que casi arrolló un caballo desbocado; un niño que se mete en la boca una fruta tan jugosa como venenosa; un hombre cuyos enemigos acechan en un callejón oscuro. Pero la Muerte no pierde el tiempo con peligros posibles, con amenazas de fin. No, busca una vida que ya se esté apagando, un alma que haya perdido el equilibrio en la cuerda floja.

Un hombre aparece en la mente de la Muerte. Tiene el pelo dorado desaliñado y los ojos verdes enloquecidos. Grita, perturbado, aunque las palabras le llegan amortiguadas.

Pero no es eso lo que sobresalta a la Muerte, y pocas cosas suelen hacerlo. Esos rasgos le resultan familiares, como un recuerdo lejano que la hace detenerse en seco.

Unos rostros adustos lo rodean, relampaguean en la mente de la Muerte antes de que sienta cómo su cordón de la vida se deshilacha sin remedio.

El hombre se lleva un frasquito a los labios y bebe.

El destino corta la cuerda que antes era fuerte, pone fin demasiado pronto a una joven vida.

La Muerte ahoga una exclamación. Algo le arde en el pecho vacío.

Esta muerte es diferente. Es personal, íntima.

La Muerte, sorprendida, frunce el ceño y trata de entender la conexión que tiene con él. Pocos humanos la han llegado a intrigar, y ninguno se parecía a él. Al menos en esta vida.

Este hombre ha probado la muerte por su propia voluntad. Ha renunciado a su futuro. Y la guardiana del Mors quisiera saber por qué.

Se incorpora. Sacude la cabeza. Incluso esboza una sonrisa.

La Muerte había jurado que moriría antes de volver a poner un pie en Ilya.

CAPÍTULO 1
Kitt

La plaga me abrasa la garganta.

Así debe de ser el sabor del poder.

Las protestas de los sanadores son un zumbido apagado que se entremezcla con los gritos de los eruditos que nos rodean.

Veo la ola de incredulidad que se abate sobre sus rostros borrosos.

Ordené que me trajeran esa dosis perfeccionada.

Ahora les toca a ellos mantenerme con vida.

Necio, imprudente, loco… No me importa.

Tengo grandes planes para Ilya.

Solo he de esquivar a la Muerte.

CAPÍTULO 2

Mara

La vida es mucho más aburrida que cuando la Muerte la tenía. Esto la entristece en cierto modo. Estaba dispuesta a dejarse impresionar por la humanidad.

Es una pena. Respira hondo con desaprobación (el aire sabe a humo y las hojas podridas crujen bajo sus botas) y sigue el rastro del alma que ansía reunirse con ella. Por supuesto, no necesita aire en los pulmones, pero es difícil abandonar algunas costumbres, como la de llenarse los pulmones para seguir con vida. Porque la Muerte ha decidido apreciar esos detalles que los humanos a veces no valoran, y la respiración es una de ellas.

De modo que, con los órganos inútiles llenos de aire húmedo, la Muerte cruza los terrenos del castillo con paso seguro, como si perteneciera a la familia real.

Pese a la monotonía que cubre el reino como un manto, aquí hay algo que le resulta vagamente familiar. Los árboles son nudosos, retorcidos, inclinados bajo la mano implacable del tiempo. Hasta el cielo parece haber perdido su habitual vitalidad cuando la muerte acaricia con los dedos las piedras blanquecinas del castillo.

Sí, todo es mucho menos brillante de como lo recordaba.

Los guardias pasan ante ella como en una procesión desangelada, sin prestar atención a la mirada atenta de la Muerte. No le importa que no la reconozcan, que nadie se fije en ella. Todo lo contrario, ha aprendido a disfrutar de este nicho tranquilo desde el que observa a los vivos. La Muerte desempeña una tarea muy complicada, como es de imaginar, pero los problemas triviales del ser humano la distraen.

Un humano que se preocupa por una mancha que le ha salido en la piel. Otro que se come de mala gana un cuenco de avena que cree que no está a su altura. Otro más que discute con su amante por lo que, a todas luces, es un malentendido.

Por lo visto, son esas cosas por las que vale la pena vivir. Y eso a la Muerte le parece de lo más gracioso. Su pasatiempo favorito, cuando no está recogiendo almas y guiándolas hacia una soledad enloquecedora, consiste en lo que muchos llamarían espiar, aunque sería un error considerarlo así. No, su observación es fruto de la curiosidad, de la investigación para contribuir a su ocupación principal, a su pasión por lo trivial (los seres humanos) y lo trágico (sus tediosas vidas).

Porque la Muerte es mucho más que lo que su propio nombre sugiere. Al fin y al cabo, es una dama, y ese hecho debería resultar ya de lo más interesante. ¿Y no puede una dama tener aficiones?

La Muerte se toma su tiempo para recorrer los innumerables pasillos del castillo. No tiene la menor prisa en hacerlo, a diferencia de los vivos. Además, apenas queda ya nada nuevo que explorar. El tiempo ha dejado casi intacta esta parte del pasado. Es evocador, pero a la Muerte no le agrada. No le gusta que le recuerden su mayor equivocación.

La Muerte se envuelve entre los pliegues de su capa y camina entre los rayos de luz que acarician los suelos alfombrados. La presión en el pecho se le acentúa con cada paso que da mientras se dirige hacia el alma que se encuentra al otro extremo del cordel. Porque, en todos sus años como Muerte, jamás había visto a un Azer tan deseoso de despedirse del poder.

Los reyes no suelen morir con elegancia ni tampoco con dignidad. Precisamente por eso le gusta pasar tiempo con esta gente. Incluso cuando la miran desde la tierra embarrada del Mors, siguen siendo dominantes. Es fascinante ver cómo un ser humano poderoso se da cuenta poco a poco de lo que ha pasado a ser: un alma a la deriva, atrapada en la red del destino.

—Con todo el respeto, majestad, ¿eres consciente de que esto es una locura?

La cortés incredulidad emana de una habitación en penumbra hacia la que la Muerte se ve atraída. El alma que hay dentro la llama, se desmorona bajo el peso de una decisión irreparable. La conexión de la Muerte con los humanos es muy profunda, como si estuviera unida a ellos por las venas y sus corazones latieran al ritmo de la misma melodía. El corazón se le enfrió hace mucho tiempo y ya no se mueve en su interior, pero la Muerte se reconoce en el que palpita a pocos pasos y pronto dejará de hacerlo.

Esta alma es tan idiota como para albergar esperanzas. Igual que la Muerte, hace ya tanto tiempo.

—Soy consciente —responde otra voz masculina, esta mucho más suave. No parece un hombre a punto de morir—. Pero hay que hacerlo. ¿Cuento contigo?

La Muerte se detiene en el pasillo con curiosidad, retrasando su entrada y el encuentro al que se dirige. No hay por qué sobresaltar al alma moribunda delante de otros. La Muerte no es ningún monstruo. Su conexión con este hombre le permite un contacto físico, la capacidad de verse. Pero la Muerte no está acostumbrada a que los vivos o los casi vivos la vean a ella. Va a ser una novedad incómoda para ambos.

—Sí, majestad. —Es de nuevo la primera voz. La Muerte advierte que suena como si su propietario estuviera acostumbrado a hablar siempre en tono cómico, casi como si fuera incapaz de tomarse en serio a sí mismo—. Cuenta conmigo. Solo espero que…, eh…, que vivas para contarlo.

Este comentario, unido a su curiosidad infinita, hace que la Muerte extienda hacia el hombre una hebra de su poder. No tiene el alma marcada para el Mors. Todo lo contrario, ve su vida con claridad, y va a ser larga, más feliz que la mayoría.

La Muerte suspira. Por enésima vez en décadas, se maravilla ante la importancia que los humanos se conceden a sí mismos. No hay alma que no se crea digna de que la Muerte en persona la aceche. Pero la verdad es que es una mujer muy ocupada. No puede perder el tiempo con las paranoias del hombre sobre su posible presencia.

Para captar la atención de la Muerte, hay que morir.

—Esperemos que Blair se porte bien. —Otra vez la voz firme—. Si necesitas algo, estaré aquí.

Se escucha un susurro de ropas al moverse y una sombra se enrosca sobre la alfombra. Un hombre, vestido de un blanco cegador, se detiene en la puerta. Dirige hacia el rey el rostro cubierto por la máscara.

—No es que sirva de nada viniendo de mí, pero lo que haces por el reino me parece admirable. Y Calum es un gran tipo. Ojalá les pueda servir a ambos.

«Qué sincero», piensa la Muerte. Pero no tiene sentido decir nada más.

La Muerte valora mucho las palabras cargadas de sentido, esas que llenan los ojos de lágrimas y ablandan hasta el corazón más duro. Los sentimientos son una de las pocas cosas que los seres humanos hacen bien.

—Gracias, Lenny —responde en voz baja el rey.

La Muerte piensa que está vacilando. En realidad, tiene muchos pensamientos, casi todos a la vez, pero ninguno se refleja en sus rasgos plácidos. Su porte y su expresión son estoicos, con la profesionalidad que da la práctica.

Para tener la edad que tiene, es muy atenta.

El tal Lenny sale al pasillo con una sonrisa que se le va borrando mientras avanza. Parece nervioso y muestra una expresión inquieta en su rostro pecoso que no parece adoptar a menudo. La Muerte lo observa con atención, se fija en los mechones de cabello rojizo que se sacuden con cada zancada desmañada. Así que, cuando voltea de pronto hacia ella, se lleva un susto de muerte (como suelen decir los vivos, aunque se trate de una obvia exageración para la que nunca dio su consentimiento).

Lenny frunce el ceño, inseguro. Luego, sus ojos amables se encuentran con la mirada fría de la Muerte.

Se queda clavada a la pared como un trofeo de caza. Tras vivir (metafóricamente, claro) entre las sombras durante décadas, sin que la vean, sin la carga de la identidad, se siente de pronto observada. Este muchacho que huele a almidonado, detalle que a la Muerte no le pasa desapercibido, es el primero que ha captado su presencia.

No sabe bien qué pensar.

Mira más allá del plano físico y examina su alma. Es como apartar una cortina para ver detrás la siguiente capa de su ser. Y esta alma es luminosa, brilla con un fulgor dorado, tal como había predicho la Muerte.

Lenny aparta la vista y sacude la cabeza.

—Maldición —masculla—. Me estoy volviendo paranoico.

Tras esa declaración de derrota, comienza a andar de nuevo pasillo abajo.

La Muerte mira con nostalgia al joven que se aleja y luego a la pared que la separa del alma azul, vacilante, que se encuentra aún en el estudio.

Da golpecitos rítmicos con el pie contra el suelo. A veces, le gusta fingir que ese ritmo es el de su corazón. Le proporciona un cierto consuelo, aunque no se molesta en preguntarse por qué.

Tras meditarlo un buen rato, la Muerte sigue el tenue olor a almidón por los pasillos del castillo. Justifica el desvío porque ningún otro ser vivo ha percibido jamás su presencia.

El misterio del hombre almidonado bien merece el precioso tiempo de la Muerte. Además, el rey aún seguirá muriéndose cuando regrese con él.

La Muerte es bastante directa. La sensibilidad no es un requisito necesario para su trabajo.

Sigue al guardia hasta el patio de entrenamiento, donde el uniforme blanco reluce todavía más a la luz del sol. Él se dirige con cautela hacia una joven que aprovecha la escasa sombra que ofrece un árbol generoso. Está acostada en la hierba y los mechones de su cabello color lila se le pegan a la frente sudorosa.

Tiene aspecto de haber estado entrenando. Qué desperdicio de vida.

La mujer frunce el ceño al oír el crujido del uniforme acercándose. Lo frunce aún más al oír hablar al hombre:

—Vaya, pero si estás sudando. Casi pareces humana.

A la Muerte le parece un inicio de conversación prometedor. Tal vez se entere de algún chisme interesante que compartir con los árboles cuando vuelva a casa.

La joven abre los ojos y lo mira de arriba abajo.

—El almidón te está afectando al cerebro. Me parece que no sabes con quién hablas.

(La Muerte se siente respaldada ante la mención de un olor tan excesivo; hay momentos en los que agradece no tener que respirar, y este es uno de ellos.)

Eso es todo lo que la mujer se digna a decir antes de acostarse de nuevo en la hierba y cerrar los ojos. Parece disfrutar del silencio, satisfecha, con los dedos entrelazados sobre el vientre.

—Vaya. Sigues aquí. —La Muerte mira a la mujer, que se incorpora para sentarse y resopla—. Por si no lo entendiste, te di a entender que podías largarte.

Su voz es tan condescendiente que impresiona.

—De buena gana lo haría, te lo garantizo. —Lenny levanta las manos en un gesto burlón de rendición—. Pero, por desgracia para ti y para mí, no puedo.

—Espera. —Esa cabellera tan fascinante suaviza los rasgos afilados de la mujer. Su sonrisa es sarcástica—. Déjame que te ayude.

De pronto, las botas del guardia se despegan del suelo, y él apenas puede contener un grito:

—¡Me manda el rey! ¡Vengo en nombre del rey!

Así que esta es la famosa Blair, la que hace que los hombres teman por su vida. Es poderosa, eso salta a la vista. Pero, al igual que todos los élites, no ha hecho nada para ganarse la fuerza que tiene. Es prestada, robada.

La Muerte se sienta en la hierba para presenciar el espectáculo, pero se lleva una decepción, porque no dura demasiado. La tele (qué gracia le hacen esos títulos tan bobos) se pone de pie antes de dejar caer al guardia en el suelo. Una vez de nuevo sobre sus pies, Lenny se pasa una mano enguantada por la cara y trata de recuperar la compostura.

Blair no se ahorra ni una pizca de desdén al mirarlo.

—Estabas a un palmo del suelo. O ni eso.

—Lo suficiente para compadecer a quienes son más altos que yo —masculla Lenny.

La Muerte y Blair miran a Lenny. No las impresiona.

El joven parpadea, abre y cierra los ojos castaños tras la máscara, esos mismos ojos que se han fijado en los de la Muerte sin saberlo.

—Estoy bromeando —añade con indiferencia.

—Claro. Ahora, explícame por qué no me río.

—A ver si lo adivino. —La voz del guardia suena cargada de alegría fingida—. ¿Porque no sabes?

La Muerte los mira alternativamente.

—No, porque lo habitual es reírse ante algo divertido —replica Blair con una mueca muy ensayada.

Lenny deja escapar un suspiro de derrota.

—En fin, acabemos de una vez. —Junta las manos como para prepararse para lo que va a decir—. Paedyn ha vuelto.

Blair traga saliva con rapidez. A la Muerte no se le escapa nada.

—¿Y qué? ¿A mí qué me importa que hayan atrapado a esa traidora?

—El rey tiene planes para ella. Planes que la mantendrán con vida para ayudar a Ilya.

—Lo preguntaré de nuevo —espeta la temperamental tele—. ¿A mí qué me importa?

De repente, el guardia se quita la máscara de la cara, dejando a la vista una docena de pecas más. Tiene la nariz recta y la barbilla fuerte. Sus ojos son expresivos. La Muerte identifica en él la necesidad de que Blair vea cada emoción que se le dibuja en los rasgos. Está desesperado por crear entre ellos una conexión sincera.

Qué humano por su parte.

Blair retrocede un paso. La Muerte, desconcertada, siente la necesidad de imitarla.

Es capaz de leer las emociones, la invitación silenciosa a compartir algo. Pero la Muerte se ha ganado el derecho a no sentir. No le gustan los sentimientos no solicitados ni las repercusiones que estos tienen, así que estar allí, sentada, tan cerca de esas emociones, la pone tensa.

—Ya sabes lo que intentará hacerte Paedyn —susurra Lenny.

—Sí. —Los ojos castaños de ella casi desaparecen cuando los pone en blanco tras los mechones de cabello lila—. Y has dicho bien, lo intentará.

La Muerte está fascinada. La otra vida nunca es tan teatral.

—Paedyn no se detendrá ante nada. —La mirada del guardia es apremiante—. Y menos si viven ambas en el castillo. El rey quiere que estés a salvo.

—La mendiga es una traidora —escupe Blair. Ha pasado mucho tiempo desde la última vez que la Muerte escuchó ese insulto—. ¿Por qué va a vivir ella aquí, entre lujos, con…?

—Ya te enterarás —la interrumpe Lenny, y traga saliva a toda prisa—. Lo único que te interesa saber ahora es que voy a… voy a ser tu guardia personal. Para protegerte de Paedyn.

Se hace un momento de tenso silencio. Luego, Blair suelta una carcajada que los toma a ambos por sorpresa.

—¡Muy bien! —resopla entre risas—. ¡Eso sí que es un chiste!

El guardia deja escapar una risita débil, incómoda.

—Qué poca gracia te va a hacer cuando te des cuenta de que lo digo en serio.

La Muerte sopesa la posibilidad de sonreír ante una escena tan cautivadora. No lo hace, claro. Reserva las sonrisas para ocasiones muy especiales.

Blair da un paso adelante. Su voz suena gélida.

—¿Tú? ¿Tú me vas a proteger? ¿De Paedyn Gray?

—Eeeh. —Lenny vuelve a levantar las manos—. No hay que… lanzar por los aires con el poder de tu mente al mensajero, ¿de acuerdo? Obedezco órdenes.

La tele parece aterradora en ese momento. Más de lo que la mayoría suele considerar a la Muerte. A la madre del Mors eso no le preocupa. Prefiere que la subestimen. Así luego le resulta más satisfactorio ganarse la mirada de terror de los humanos.

No, la Muerte no es ningún monstruo. Solamente se aburre.

—¿Y quién te lo dijo? —salta Blair.

—Ya te lo conté, fue…

La tele estira de pronto un brazo y vuelve a levantar a Lenny del suelo.

—¿Fue la sargento?

El guardia se retuerce, forcejea con la presa mental y se está poniendo pálido.

—¿La sargento? —La voz le sale rota—. Tu padre es general, no…

—Alguien tuvo que convencer al rey de que necesito que me protejan de una vulgar —ruge Blair, rabiosa—. Esto es cosa suya. Quiere humillarme.

La Muerte no se pierde detalle.

—¿Qué? Oye… —El guardia está jadeante—. No sé de qué hablas. El rey no quiere que Paedyn se pelee contigo, y ya está. Él cree que soy la persona adecuada para interponerme entre ustedes. Pae no me haría daño ni siquiera para vengarse de la asesina de su mejor amiga.

Esa mención indirecta hace que la Muerte se sienta incluida en la conversación.

La mirada iracunda de Blair se vuelve distante. Tiene en la cara la expresión de quien está reviviendo un recuerdo, un instante crucial. La Muerte inclina la cabeza a un lado. Es un gesto muy suyo cuando alguien la intriga. Porque nadie conoce más íntimamente que ella el rostro del arrepentimiento.

El poder de la tele (estos títulos le siguen haciendo gracia) titubea, y Lenny vuelve al suelo que tanto añoraba pisar. A su edad, hay pocas cosas que sorprendan a la Muerte. Uno solo se maravilla cuando carece de experiencia. Pero, cuando el guardia va hacia Blair, ni la Muerte se esperaba aquel ataque repentino de osadía.

Se detiene a escasos centímetros de la misión encomendada por el rey. Sus cuerpos quedan tan cerca que casi se rozan.

Blair alza la barbilla, lo abrasa con una mirada incendiaria.

Lenny hace lo que puede por devolverle el desafío.

La Muerte sabe que los árboles no le creerán cuando les cuente lo sucedido.

La ira que refleja el rostro del guardia parece ajena, como si no supiera bien cómo manifestar esa emoción.

—Te lo creas o no, no hay nada que desee menos que pasar tiempo contigo. —Suelta una risa desangelada—. Pero el rey ordenó que te recluyas en tus habitaciones hasta que él ordene lo contrario, y, debido a mi relación con Paedyn, tengo la desgracia de que me corresponda a mí protegerte de ella.

Parecía imposible, pero Blair frunce el ceño todavía más.

—Eras el imperial asignado a ella.

La Muerte guarda esa palabra en su memoria para utilizarla en el futuro. No sabía que los guardias tenían ahora un título nuevo, más elegante. A Ilya le encanta darse importancia.

Lenny asiente, confirma lo que dijo la tele. La calma de Blair resulta inquietante.

—¿Y cuál es tu poder?

—¿Esa es tu primera pregunta? —El imperial sacude la cabeza. La Muerte decide que el título tiene cierta gracia—. ¿No quieres saber cómo me llamo o qué…?

—Tu nombre no me puede importar menos, zanahoria —lo provoca Blair—. ¿Qué poder tienes?

Lenny suspira.

—Soy un híper.

—Un híper… —Tras el tono incrédulo se oye una risita desdeñosa—. Pues menos mal que no necesito que me protejan de una vulgar; si no, podría darme por muerta.

Ahora la Muerte se siente un poco marginada. No conoce bien las habilidades de los élites, aunque sí sabe que el poder es relativo. Lo que le resulta extraño es la pomposidad con que lo envuelven todo. Los humanos no deberían poner nombre a una fuerza así.

—Muero de risa —dice Lenny, aunque su tono no indica la menor diversión—. Bueno, vamos a tu habitación antes de que…

—¿Cómo sé que no te lo estás inventando? —salta Blair.

El imperial al que antes llamó «zanahoria» se señala a sí mismo con un ademán exasperado.

—¿A ti te parece que me la estoy pasando bien?

Blair resopla sin perder ni un ápice de desdén en su voz.

—Entonces, igual habría que poner fin a tus sufrimientos, ¿no?

La Muerte se acerca un poco más cuando la tele levanta el brazo y se dispone a descargar su poder (suyo en el sentido más genérico de la palabra) contra el imperial. Pero Lenny inclina la cabeza a un lado. Parece intrigado. La curiosidad que siente la Muerte parece reflejarse en los ojos del joven.

—No… —dice con calma el autodenominado «híper»—. No me quieres matar.

Vaya.

La Muerte no está de acuerdo. Para la encarnación del fin de la vida, es evidente que la tele tiene intención de librarse de él. Pero los humanos son seres muy confusos. Puede que haya interpretado mal la situación (es dudoso, pero está abierta a asumir que ha cometido un error siempre que se lo demuestren).

Blair abre la boca sin saber qué decir.

El llamado «zanahoria» se encoge de hombros.

—Puede que tal vez sí seas humana.

La Muerte sopesa las palabras en silencio, impasible, como suele hacer con casi todo (aunque también podría caminar a saltitos junto a una pareja de enamorados, derramar una lágrima por las almas que recoge o reírse de un chiste que ha oído; pero no le ve ningún sentido a exhibir emociones, porque no tiene con quién compartirlas. Es mejor no sentir nada que sentirlo todo ella sola). ¿En eso consiste la humanidad, en valorar la vida ajena, en reconocer la valía, la belleza de tener algo por lo que vivir? La Muerte ya no se acuerda.

Un ser tan poderoso como la Muerte solo necesita echar un vistazo para ver la prueba de la humanidad en Blair. Siente curiosidad, así que aparta a un lado la cortina espiritual para asomarse a otro plano. El alma de Lenny tiene un brillo dorado, mientras que la de Blair se agita con un verde turbio.

La Muerte parpadea.

Puede que hasta se le haya escapado una exclamación, aunque nadie ha sido testigo de ello.

Se pone en pie muy despacio. Camina alrededor de la pareja, cerca de ellos, muy despacio. Ya no escucha lo que dicen.

No existe nada fuera de este instante en que dos almas, dos almas tan opuestas, se buscan la una a la otra.

La Muerte se acerca aún más a ese fenómeno. Si respirara, les haría cosquillas en la piel con el aliento. Se concentra en las hebras que brotan de esas almas. Se agitan y fluyen como una ola tímida; el esmeralda se extiende hacia el oro en un momento predestinado largo tiempo atrás.

Las almas no están entrelazadas como el destino de los amantes, no del todo, pero tampoco están desconectadas como aquellas que nunca se unirán.

Son algo muy diferente; tienen un nexo creado por ellos.

La Muerte se queda tan inmóvil como su nombre sugiere.

Lo que la sobresalta no es la unión de las almas. No, ese concepto lo conoce muy bien. Pero lo que ve en estos dos mortales no encaja de ninguna manera. Porque la Muerte ha presenciado y ha sufrido la conexión de las almas. Y esto no puede ser algo tan sagrado.

Solo por ese motivo, decide ver qué será de estas almas indecisas. Es un emparejamiento tan desafortunado que casi da risa. Sin duda, el destino les ha gastado una broma pesada al unirlos.

Como mínimo, promete ser entretenido.

—... estrangularte mientras duermes —está amenazando Blair cuando la Muerte, con un suspiro, vuelve a sentarse.

Parece ser que la tele va a obedecer las órdenes del rey, aunque sea de mala gana.

Lenny sonríe, y es asombroso hasta qué punto puede despojar el gesto de cualquier emoción.

—Eso sería misericordioso, así que no lo vas a hacer.

La Muerte se echa hacia atrás y se apoya en las palmas de las manos para verlos discutir.

«Si aquellos que están de verdad hechos el uno para el otro no sobrevivirían a tan aciago entrelazamiento de las almas, estos dos acabarán matándose mutuamente», piensa con amargura.

Porque la Muerte tiene corazón.

Más o menos.

Lo único que pasa es que no le late.

CAPÍTULO 3
Kitt

Por centésima vez, recorro con la mirada las pulcras líneas manuscritas.

Me sé de memoria el mensaje de despedida de mi padre, y la verdad que contiene me atormenta. Si cierro los ojos, veo ante mí las frases, saboreo la sucesión de sílabas en la lengua.

Paseo la mirada cansada sobre la página escrita para llegar a ese secreto escalofriante.

Como rey de Ilya, ahora eres el guardián de sus secretos. Al igual que mi padre hizo conmigo, te dejo aquí la verdad. La plaga que nos otorgó los poderes no fue un accidente. Se creó para fortalecer nuestro reino, y es lo que hizo... Aunque no del modo que pretendía Favian Azer.

Sin ningún cuidado, devuelvo la carta al cajón donde la encontré.

Pero no necesito tener las palabras delante; la voz de mi padre todavía resuena en mi mente.

«Nadie lo sabe, excepto los eruditos y sanadores de la corte, y así debe seguir. Este poder pertenece a Ilya en exclusiva. Jamás volveremos a ser un reino débil. Y, si yo soy incapaz de terminar con los vulgares que quedan, tú tendrás que encargarte de esa tarea. Son un defecto, la consecuencia de no perfeccionar la plaga; una enfermedad que hay que eliminar de nuestro legado».

Por centésima vez, sacudo la cabeza al pensar en las exigencias de mi padre.

Qué desperdicio del poder que poseemos. Qué desperdicio de años malgastados en creer que mi padre se entregaba a una causa grandiosa, a algo que compensaba su continua desaprobación hacia mí.

Muevo los dedos sobre la mesa descascarillada, al ritmo de mi corazón.

«¿Ese era el plan maestro? ¿Al temible Edric Azer no se le ocurrió nada mejor que librar a Ilya de unos cuantos vulgares acobardados?».

Unos golpes en la puerta dispersan la creciente agitación que siento. Carraspeo.

—Adelante.

Los eruditos entran en el estudio como una procesión solemne, seguidos por un grupo de curanderos que parecen igual de sombríos. Rodean el escritorio, envarados; algunos sostienen pergaminos con gesto nervioso, otros preparan frascos que contienen diversas plantas de aspecto inquietante. Me horroriza esta emboscada diaria, aunque no puedo culpar a nadie más que a mí mismo.

—Majestad —me saluda con sequedad el curandero mayor de la corte.

Me resulta extraño pensar que el hombre que nos sanaba las heridas a Kai y a mí cuando éramos niños es el guardián del secreto de la plaga. Saludo con un gesto al curtido curandero.

—¿Qué tal estás, Eli?

Como cada día, me explora el cuello con sus dedos fríos.

—Lo cierto es que sigo contrariado contigo, mi joven rey.

El atrevimiento me arranca una sonrisa.

—Te agradezco la franqueza.

—Ya soy un anciano —afirma—. Puedo decir lo que quiera. La verdad es que eso es toda una ventaja.

Me indica que me levante con un movimiento de cabeza mientras recita sus observaciones en voz alta para que los otros curanderos las documenten. Luego apoya las palmas en la espalda para sentir cómo respiro. Derrama parte de su poder en mi interior y un hormigueo me recorre la columna vertebral.

Pasan diez minutos y yo sigo ahí, inmóvil, bajo las manos frías del curandero. Como todos los días desde hace tres, cuando me tomé una dosis de la plaga.

—Bebe esto —me ordena Eli mientras me ofrece un frasco de contenido turbio.

Contemplo el líquido café con escepticismo.

—¿Me insististe en que no tomara la plaga y ahora quieres que beba… esto?

—Nos pediste que te mantengamos con vida. —No hace ningún esfuerzo por ocultar su irritación—. Aunque sabías que otra dosis de la plaga podría ser fatal para un élite, la tomaste antes de que pudiera impedírtelo. —El anciano me agita un dedo delante del rostro sin que le preocupe lo más mínimo la corona que llevo en la cabeza—. Así que ahora vas a beber esta pócima porque mi poder ya no puede ayudarte, y no sabemos si habrá algo que te salve.

Por un breve instante me cuestiono si debería reprender al atrevido curandero. Eso es lo que haría mi padre, por supuesto. Exigiría respeto, aunque no fuera merecedor de él.

«Pero yo no soy mi padre».

Asiento y me llevo el frasco a los labios.

«Seré mucho más grande que él».

El tónico me quema la garganta; el sabor es tan pútrido que amenaza con salir por donde ha entrado. Me aferro con una mano al respaldo de la silla y toso con violencia.

—Guau —grazno—. Es toda una… experiencia.

—Esperemos que sea una experiencia beneficiosa. —Eli rodea el escritorio para echar un vistazo a las notas de los sanadores—. No tenemos ni idea de qué hacer contigo.

—Lo sé —reconozco—. Era consciente de los riesgos.

Los recuerdos de aquella noche se me agolpan en la mente: los sanadores discutiendo sobre los peligros, los eruditos suplicando que hiciéramos acopio de nuestro poder. Desde que descubrí la carta de mi padre y exigí una reunión con quienes conocían la verdad de nuestro poder, había escuchado sus quejas y súplicas una docena de veces. Pero para entonces ya había tomado una decisión.

—¿Y si sobrevives? —susurra Eli—. ¿Y si te conviertes en el élite más poderoso? —Frunce el ceño—. No puedes seguir adelante con esto.

—Soy tu rey —lo amonesto, y ahora sí que empleo el tono implacable que mi padre solía exigirme utilizar—. O aceptas lo que digo, o tendré que obligarte.

Eli me sostiene la mirada unos segundos, tal vez recordando aquellos tiempos en los que era débil y manipulable.

—Sí, mi rey —dice por fin, y retrocede para unirse a los demás curanderos.

—¿Majestad?

Desvío la mirada hacia un erudito que sigue tomando notas en un pergamino y contengo un suspiro.

—No, no tengo ningún síntoma.

—¿Ni dolores de cabeza? —insiste, recordando los últimos días—. ¿Falta de aliento? ¿Tos? ¿Pérdidas de memoria?

—Han pasado tres días —replico—. Estoy muy bien. Ahora, si ya terminaron de molestarme… —Señalo los pergaminos desperdigados sobre la mesa—. Tengo trabajo.

A regañadientes, los élites que rodean la mesa se despiden con reverencias. Los observo mientras abandonan el estudio en fila; el curandero mayor, rezagado, se da media vuelta hacia mí con aspecto abatido.

—Que la plaga te sea leve, mi joven rey.

Las palabras flotan en el aire mucho después de que se haya ido. Mi suspiro rompe el silencio que me rodea; luego rebusco entre los documentos que hay sobre el escritorio.

Un ligero escalofrío me recorre la columna vertebral. Carraspeo mientras me pregunto si habré dejado abierta la ventana.

—¿Qué trabajo es ese que tienes que hacer?

Primero me sobresaltan las palabras en voz baja, y luego la desconocida de la que proceden.

Una mujer me observa, de pie junto a la chimenea, donde el fuego crepita. Tiene el cabello del color de un ascua robada. Parpadeo, convencido de que es producto de mi imaginación. Quizá la plaga sí que me está afectando. No hay un ser tan sublime como ella.

Pero ahí está, y la mirada de sus ojos castaños me inmoviliza.

Es la mujer más hermosa que haya visto jamás.

—¿Qué haces aquí? —consigo farfullar a duras penas.

La expresión apacible de sus rasgos perfectos permanece inalterada.

—Satisfago mi curiosidad morbosa.

—¿Eres una curandera? —Niego con la cabeza—. No, me habría fijado en ti antes.

—¿Qué te hace pensar que no soy una erudita?

No plantea la pregunta con malicia, como haría Paedyn, ni finge estar ofendida, como tanto le gusta a Andy. No, las palabras son sinceras y el tono denota fascinación.

Carraspeo y trato de responder con humor:

—No pareces tan aburrida.

—Hum. —No es una risa, sino el sonido de alguien que toma nota mental de algo—. Bueno, ¿en qué estás trabajando?

—Ah. —Todavía me cuesta ordenar los pensamientos—. Asuntos relativos a la corona, sobre todo. Pero también algunos… personales.

—No voy a entrometerme como hacen los eruditos —explica con naturalidad.

Apoyo las manos en el escritorio y río entre dientes.

—La verdad es que resulta agradable charlar con alguien. Solo comparto mis pensamientos con las cartas que escribo. Es… —Me froto la nuca—. Es mi forma de despejar la mente.

Entrecruza los dedos frente a su atuendo negro que la envuelve.

—¿Les has explicado a esas cartas por qué quisiste ingerir esa plaga de la que no sabías nada?

—¿Que no sabía nada? —Se me escapa una risa—. Ahora sé más que nunca. Sé que los eruditos la crearon hace un siglo para fortalecer nuestro ejército contra las invasiones. Luego, por accidente o de manera deliberada, la plaga se extendió por toda Ilya. —Tamborileo con los dedos sobre un pergamino extendido—. Ya es más de lo que saben mis súbditos. A ellos no les gusta pensar en la tragedia, solo en lo que obtuvimos a cambio.

Suelta un resoplido áspero que recuerda un poco a una carcajada.

—¿Eso te han contado?

—¿Y qué más me podrían contar? —me arriesgo a preguntar.

—Quizá cómo crearon la plaga esos grandes eruditos hace cien años.

Mi voz se vuelve más seria. Apoyo los codos en el escritorio y me inclino para estudiarla.

—¿Sabes algo que tus colegas curanderos no sepan?

—No es difícil saber más que los hombres.

Lo dice con tal seriedad que no puedo evitar sonreír.

—También hay mujeres curanderas. Tú eres la prueba de ello.

Las serenas facciones parecen estremecerse, como si una emoción repentina las atravesara. A continuación, asiente de forma casi imperceptible.

Hay algo enigmático y fascinante en esa mujer. Habla con una voz monótona, pero parece escoger con cuidado las palabras que merece la pena pronunciar.

—No se me ha ocurrido pedir detalles —admito por fin—. Supongo que serán demasiado complejos para que yo los entienda.

—Hum. —Otra vez ese sonido semejante a una risa contenida—. Seguro que sí.

Las palabras de la mujer flotan en el espacio que nos separa hasta que el silencio creciente las devora. Permanece al otro lado del estudio, sumida en una inmovilidad casi absurda y a la vez perfectamente relajada mientras las llamas se le reflejan en su cabello castaño rojizo.

—Sí, se lo he explicado a las cartas.

Las palabras se me escapan de la boca en un susurro, aunque no sé muy bien por qué.

La desconocida no responde, pero en esos profundos ojos castaños asoma la curiosidad.

—He contado a las cartas por qué tomé la plaga —aclaro—. Ordené que me trajeran una dosis perfeccionada porque tengo que salvar a los élites de la extinción. Nuestro poder ha ido menguando y cada año las fiebres se llevan a unos cuantos. Ahora sé que es porque la plaga no estaba lista para usarse. Pero los eruditos han perfeccionado lo que se propagó hace un siglo.

La diversión que le asoma a las facciones es como una sombra fugaz.

—Así que quiero ver qué pasa cuando un élite toma otra dosis —apunto con firmeza—. Y de ese modo podré fortalecer todos los reinos con la plaga.

Sopesa mis palabras por unos instantes.

—Para poner a prueba esa teoría se podía haber arriesgado cualquier élite, no hacía falta que fueras tú.

—Soy el rey —explico—. Y los planes para el reino son míos. Lo más correcto era que yo corriera el riesgo.

—Hum.

Arqueo las cejas, incrédulo.

—¿Qué pasa?

Se encoge de hombros un momento y enseguida los relaja. Es el primer indicio de movimiento que le he visto.

—No pareces de los que mienten.

—Vaya —digo con una sonrisa—. ¿Crees que miento?

—Creo que tus motivos no fueron del todo altruistas.

—Está bien. —Me trago el orgullo y escupo las siguientes palabras—: Mi padre siempre me consideró débil. Me lo decía todos los días. Puede que, en parte, quisiera otra dosis para ser mucho más fuerte de lo que él fue jamás. —Sostengo aquella mirada impasible—. Y también quiero ser un rey más grande que él.

Posa sus ojos oscuros sobre mí.

—Hum. ¿Tienes plaga suficiente para infectar los otros reinos?

—No hace falta demasiada —le aseguro—. Tenemos alrededor de un frasco del líquido oscuro en su forma pura, sin diluir. Pero llevan un siglo perfeccionando la dosificación. Solo hacen falta unas gotas o un objeto recubierto con la sustancia.

Pregunta sin vacilar:

—¿Y qué pasará cuando no estés vivo para gobernar esas ciudades de élites como esperas?

—¿«Cuando»? —Río sin humor—. Concédeme al menos una oportunidad de sobrevivir.

—Ya has tenido esa oportunidad —explica la desconocida—. De hecho, tenías la oportunidad de una larga vida. Pero escogiste conseguir más poder.

Sacudo la cabeza.

—Está claro que eres una curandera. Hablas como ellos. —Jugueteo con los papeles que se amontonan en la mesa, aunque solo sea para tener algo que hacer—. Pero me siento bien. Estaré bien. Seguro.

—Nadie que haya nacido élite ha tomado nunca la plaga. Y esta segunda vez no te va a resultar tan fácil. —Me observa con la cabeza ladeada. La expresión de perplejidad de su rostro es la mayor emoción que esas serenas facciones han dejado entrever hasta ahora—. No se sabe cómo acabarás enfrentándote a tu destino, es un misterio incluso para mí.

Ahora soy yo quien la mira con la cabeza ladeada.

—Eres bastante morbosa, ¿no te parece?

—Ni te imaginas —dice, con un destello de diversión en la mirada.

—¿Cómo te llamas? —Hace mucho rato que tengo la pregunta en la punta de la lengua, y por fin la dejo escapar.

Camina hacia la puerta, como si le costara darme una respuesta. Luego, con voz baja y vacilante, la desconocida revela su identidad.

—Mara.

CAPÍTULO 4

Mara

El imperial ha quedado confinado en el rincón de la habitación de Blair.

Se le han otorgado tres generosos palmos de suelo donde mantenerse de pie, así que Lenny se apoya contra la pared y mira con cara de pocos amigos a su protegida por encima de la barricada de muebles que ha amontonado a su alrededor. Un escritorio se tambalea bajo el peso de un arcón enorme, mientras que la cómoda se sujeta contra un tocador sobre el que se amontonan los libros. Y todo lo ha movido solo con el pensamiento; la habitación ha obedecido las órdenes de la tele para crear una jaula.

Es muy espectacular, y a la Muerte le gusta. Cuando se lo permiten sus deberes de llevar almas al Mors (ah, los placeres de un empleo para toda la eternidad…), Mara se dedica a acechar a esta pareja de almas reticentes. Al principio fue el rey quien la atrajo del Mors, pero estos dos seres que no paran de discutir han hecho de Ilya un lugar más tolerable.

La Muerte ronda por la habitación, su capa se desliza sobre los tablones del suelo, con un atisbo de sonrisa en los labios.

Están condenados el uno al otro.

—¿Así me das las gracias por vigilar tu puerta todo el día?

Lenny intenta llamar la atención de la relajada Blair por enésima vez. Ella está tendida en el único mueble que no ha utilizado para encarcelar a su prisionero, apoyada en un codo, pasando las páginas de un libro. La enorme cama tiene una colcha gruesa y almohadas mullidas (muy suaves; la Muerte lo ha comprobado). Así que se entiende que Blair no se haya levantado desde que Lenny la trajo esta mañana.

Mara, en cambio, no puede permitirse el lujo de descansar, aunque los muertos no lo necesitan. Es todo un desafío repartirse entre la curiosidad que le despiertan tres seres vivos y los innumerables difuntos. Tuvo que dejar a los humanos enfrentados para que discutieran en el patio de entrenamiento (porque hasta la Muerte respeta esos momentos de intimidad, aunque sea de vez en cuando) para acudir a conocer al rey.

Desde entonces, no ha dejado de pensar en la conversación que tuvieron, en esos ojos verdes que se entrecierran con una expresión sincera, aunque Mara jamás admitiría semejante tontería. Es evidente que el rey es un idiota peligroso y lleno de esperanzas; ha ingerido una dosis de una plaga que no comprende. No existe lo que busca, ese poder puro y perfeccionado. Algo tan temible no puede controlarse. La Muerte lo sabe por experiencia.

Va a morir. Y ella llevará su alma al Mors.

No quiere seguir pensando en eso. Ni en la inútil determinación del rey por vivir ni en lo difícil que le resultó a

Mara recordar su propio nombre. Ha pasado una vida entera desde que necesitó un nivel así de intimidad. Pero ha sido el regalo de despedida que le ha hecho la Muerte al rey. No le queda mucho tiempo para pronunciarlo, y Mara estará a su lado cuando lo haga por última vez. Quiere presenciar ese último aliento y todos los que queden hasta entonces. Es una lástima, pero la intriga que siente por este joven no ha parado de crecer.

Puede que la Muerte vuelva a considerar a Ilya su hogar mientras observa a estas tres almas, aunque sea solo por un tiempo.

—Bueno, se acabó. —Lenny se aparta de la pared y da un paso adelante para ocupar el último palmo de espacio que le queda—. Voy a registrar tus cosas.

Es una tarea de lo más atractiva, y Mara se acerca más. Se asoma sobre la barricada para ver cómo el imperial abre un cajón del escritorio y examina el caos del interior. Luego, se acerca más al híper (aún no sabe a qué brizna de poder hace referencia el título) con un titubeo nervioso. El joven no ha vuelvo a advertir su presencia, así que Mara está expectante y a la vez procura no llamar su atención.

—Bien, está claro que lo tuyo no es la organización —masculla Lenny—. Ni la bondad. Ni abstenerte de hacer prisioneros.

Rebusca entre el desorden de papeles y utensilios de escritura hasta que…

—Mira, no sabía que tenías algo divertido —resopla, incrédulo, y saca del cajón una pelota púrpura. La hace botar contra el espacio diminuto que tiene a los pies y ve cómo la pelota regresa a sus manos, obediente—. Esto es demasiado lúdico, no puede ser tuyo. ¿Se le olvidó aquí a tu último prisionero?

La Muerte empieza a encontrar ocurrente a este imperial, que vuelve a botar el juguete.

—Por mil plagas, sí que te gusta el púrpura, ¿no…?

En esta ocasión, la pelota vuela directo hacia su rostro.

Lenny suelta una grosería al recibir el impacto en la nariz y, sin más, la pelota huye hacia la mano de Blair. Ella alza la cabeza con los labios fruncidos. El pelo lila le cae en cascada sobre el hombro.

—Tú sigue hablando y ya verás cómo se te reduce el espacio, zanahoria.

(La Muerte no sabría decir si admira a esta mujer o la detesta con igual entusiasmo; pero le pasa con muchos humanos.)

Los muebles se arrastran por el suelo de madera cuando Blair los acerca unos centímetros más al imperial con el poder de su mente. La Muerte se asoma de nuevo sobre la barricada y ve que la bolsa que tiene el joven a sus pies ocupa ahora la mitad del espacio que le queda. Lenny se limita a apoyar la cabeza contra la pared, derrotado.

—Solo entré para hablar de cómo íbamos a dormir y me has…

—Proporcionado una solución —apunta Blair con suficiencia—. Tú duermes ahí.

Mara se compadece un poco del imperial, que deja escapar una carcajada impotente.

—¿Quieres que duerma aquí? ¿En tres palmos de suelo? No, perdón, ahora son dos y medio.

La tele cierra el libro de golpe. Por lo visto, la aflicción de los demás le resulta irritante. Eso la Muerte lo entiende muy bien.

—También te puedes ir a dormir a tu cuarto, imperial. No seré yo quien te lo impida.

El guardia hace un ademán hacia la precaria barrera.

—Pues me lo estás impidiendo.

—No te hagas el gracioso, zanahoria, que no se te da bien —resopla Blair.

Lenny suspira y apoya los brazos sobre la cómoda. La Muerte hace lo mismo. Es un gesto muy humano, pero no ve motivos para no imitarlo.

—Esto ya lo hemos hablado —gruñe el imperial—. El rey me ordenó que te vigile en todo momento, así que tengo que dormir contigo, en esta habitación. Ya me gustaría a mí estar en los barracones de los imperiales. Créeme —añade, por si no había quedado claro.

Pero es demasiado tarde. Blair ya ignora por completo su presencia.

Con estos dos no hay un solo momento aburrido.

Lenny masculla una sarta de insultos y vuelve a examinar el contenido del cajón. Saca un trozo de pergamino arrugado y un carboncillo roto y los pone sobre la cómoda. Mara cambia de postura para apartarse, pero el imperial no le presta atención.

(Esto la decepciona. Y no sabe bien por qué.)

Lenny escribe un mensaje apresurado en el papel amarillento y lo dobla para darle forma de planeador. La Muerte lo observa con sano escepticismo. Luego, el joven cierra un ojo y apunta hacia Blair antes de lanzar la nota.

Ella gruñe cuando el papel le da en la frente.

—¿Quieres que te entierre entre muebles?

—Por lo menos lee antes la nota, ¿no? —dice Lenny, ofendido.

La Muerte se acerca a la cama y mira por encima de Blair mientras desdobla el papel con un bufido.

Suéltame.
Se me duermen los pies.
Te traeré bollos de miel, teletirana.

A Mara le parece una táctica interesante.

Blair se limita a mirar la nota con indiferencia.

—¿Esto es todo lo que ofreces?

—Los bollos de miel están muy solicitados.

—No me extraña. —La teletirana arruga el papel—. Como mucho, son mediocres.

—¿Perdón? —Lenny resopla, incrédulo—. ¿Mediocres? ¿Es que no hay lugar para nada bueno en tu corazón?

La pregunta es válida. La Muerte mira a Blair y espera su respuesta.

—De acuerdo.

Los muebles se mueven, se arrastran por el suelo en retirada. Aparece un camino despejado hasta la esquina, pero tanto Mara como el imperial consideran sorprendente tan repentina aquiescencia.

—¿Con qué estás de acuerdo? ¿Me sueltas? —pregunta Lenny, desconfiado.

La tele lo mira, altiva.

—Tráeme bollos de miel que no sean mediocres.

—Los de Gail son una maravilla.

—Eso ya lo juzgaré yo. —La sonrisa de Blair muestra unos caninos afilados—. Largo de aquí.

Siguen un rato con la esgrima verbal, pero, al final, Lenny sale de la habitación y cierra la puerta. La Muerte lo sigue. El aburrimiento es como una brújula que apunta hacia el guardia como fuente de entretenimiento.

Los pasillos están abarrotados de criados, que se apresuran de un lugar a otro entre las hileras de imperiales almidonados. En su presencia, Lenny yergue un poco más la espalda. Mara tiene la sensación de que disfruta de su posición en el palacio. Tal vez porque eso hace que se sienta poderoso. Y Blair ha insinuado precisamente que le falta fuerza.

Pero esto no son más que observaciones de la Muerte, claro, aunque se enorgullece de equivocarse muy rara vez. Los muertos no pueden ocultar nada, y la madre de los que se encuentran en ese estado ha desarrollado la habilidad de ver la verdad también en los vivos.

Nada más entrar en la cocina sofocante, Mara comprende que no había la menor necesidad de volver allí. Está abarrotada y hace mucho calor, y si no estuviera ya muerta tendría la sensación de estar a punto de morir.

Todo es pegajoso, incluso el aire. A la Muerte no le gusta lo pegajoso.

Por suerte, la visita de Lenny a Gail es breve, pese a que la cocinera se muestra reticente a entregar dos de sus cotizados bollos de miel. Pero, cuando se entera de lo que dijo Blair Archer (han hecho falta algunas indagaciones no muy éticas para averiguar su nombre completo), la cocinera suelta un bufido de risa que enrojece sus mejillas manchadas de harina.

—Pues estos no le van a gustar, cielo —le dice—. Por algo sobre cómo combino las especias.

Eso a Lenny no parece importarle demasiado. Al fin y al cabo, es un hombre, y los hombres suelen carecer del don de dar vueltas a las cosas por el simple placer de hacerlo. Pero la Muerte es una mujer y quiere entenderlo todo, y se pregunta qué relación hay entre la tele y esta cocinera.

Por suerte, el enjambre de criados obliga a Lenny a salir al pasillo con los relucientes dulces en la mano, y vuelve hacia su jaula de mala gana. La Muerte sigue al imperial y mira por las ventanas de los pasillos para ver el cielo estrellado que cubre Ilya como un manto. El primer día de regreso a este reino toca a su fin.

Mara da golpecitos en el suelo con el pie mientras observa al guardia rebuscar por los numerosos bolsillos del uniforme la llave de la puerta. Por suerte para Lenny, la encuentra entre los confines almidonados antes de que la impaciencia le provoque a la Muerte un tic en un ojo. Los indicios físicos de su impaciencia nunca auguran nada bueno.

—Bien, te lo vas a comer y voy a estar mirándote, porque no es posible que pruebes algo tan delicioso y pongas cara de asco…

El imperial entra en la habitación y se queda mirando la cama vacía.

Hum.

La Muerte se cruza de brazos.

Esto sí que es inesperado.

Lenny busca en todas direcciones, frenético. Cada mueble vuelve a estar en su lugar: el arcón, la cómoda, el escritorio, el tocador… Todos apoyados contra sus correspondientes paredes. La chimenea de piedra se alza frente a la cama deshecha, entre dos tapices colgantes.

—¿Blair? —llama el imperial.

Pero es inútil. No recibe la esperada respuesta condescendiente.

No hay rastro de la tele.

También ha desaparecido la placidez de la Muerte, que sonríe.

CAPÍTULO 5

Mara

La Muerte no tiene la menor prisa.

Es un concepto que a los vivos les resulta muy difícil de comprender. No, Mara no acecha a las almas a la espera de su fallecimiento. Lo cierto es que disfruta con las pausas.

La Muerte pasea por los barrios bajos de Ilya, lo que le da mucho tiempo para meditar. Salió del castillo con el airado Lenny y ha bajado con él por el largo camino. Mara puede pasar de un plano a otro para aparecer junto al alma que desee, todo ello sin que se la detecte, pero esta noche prefiere no hacerlo. Esta noche quiere un poco de tiempo para ella misma.

Cuando la Muerte se cansó de seguirle el paso a zancadas al imperial, se alejó de él para vagar por los barrios bajos. Ahora camina entre los edificios semiderruidos y se levanta un poco la capa para no arrastrarla por los charcos de lodo. A pesar de lo tarde que es, las sombras aún siguen vivas en Saqueo. Los autodenominados «élites» pueblan la calle del mercado a la luz de la luna, charlan en grupos, juegan a las cartas bajo el cielo estrellado.

Por lo visto, hay cosas que no cambian.

(Si no fuera una simple sombra en esta realidad, igual participaría en alguna partida; los juegos de apuestas de Ilya no son ninguna novedad para Mara.)

Evita de manera consciente una de las calles (hay recuerdos que es mejor dejar enterrados) y sigue paseando por Saqueo. Aquí se palpa una especie de libertad que es contagiosa, como si bajo el cielo nocturno de Ilya se pudiera aspirar a todo. Tal vez incluso a vivir.

—¿… visto a una mujer de pelo color púrpura? Con cara de mal genio, seguramente.

La Muerte reconoce esa voz. Le llega de un callejón cercano, donde se escucha una descripción que incluye de manera reiterada la palabra «desdeñosa». Mara divisa al imperial cuando se aparta del grupo de individuos desconfiados a los que ha estado interrogando. Su uniforme brilla como un faro a la luz de la luna.

Lenny dobla una esquina y su sombra en forma de Muerte va detrás de él.

Lo observa con atención, advierte cómo se detiene de repente y ladea la cabeza, como si escuchara. Así que, cuando vuelve a andar de nuevo, esta vez con determinación, a Mara le parece fascinante que la tele desaparecida se encuentre justo en el lugar hacia donde Lenny se dirige sin titubeos.

Este híper es de lo más intrigante.

Blair tiene la espalda pegada contra un muro ennegrecido de hollín.

—Así que lo de que no soportas los bollos de miel era solo para distraerme, ¿no? —declara el imperial.

—¡Por la plaga! —Qué maldición tan curiosa suelta Blair ante su aparición repentina. La Muerte no sabe si tomárselo a mal. Lo impresionante es que, un segundo después, la tele está rabiosa—. ¿Cómo demonios me encontraste?

Eso mismo se preguntaba la Muerte. Ni siquiera entiende cómo Lenny ha sabido que su protegida ya no estaba en el castillo. Pero Mara no se alarma, lo va a averiguar pronto.

—Confiesa. Eso de que no te gustan los bollos de miel no ha sido más que una táctica para distraerme —responde Lenny sin inmutarse, y se cruza de brazos.

¿Qué pasa con los dichosos bollos de miel? En tiempos de la Muerte no existían. Empieza a sentirse un tanto marginada.

—Pues no —replica Blair—. Los detesto casi tanto como a ti.

La luz de la luna ilumina la expresión impasible en el rostro del imperial.

—Eso es un poco exagerado hasta para ti.

—Lárgate, zanahoria —replica Blair—. No esperes a que cambie de idea y no te lo permita.

Lenny hace caso omiso de la amenaza.

—¿Cómo escapaste?

Ella suelta una risita burlona.

—¿Qué más da? Deberías darme las gracias. Ahora puedes volver a tu triste vida de imperial y dejar de fingir que me estás protegiendo.

Mara se apoya contra la pared y se pone cómoda. El espectáculo está a punto de empezar.

Lenny se quita la máscara de la cara para que no quede duda de su expresión confundida.

—No lo entiendo.

—Qué sorpresa.

—¿A dónde crees que vas? —insiste sin dejarse amedrentar.

—A donde sea con tal de no estar en Ilya —replica Blair.

Esto es mejor de lo que la Muerte habría imaginado. Lenny niega con la cabeza.

—A ver si te entiendo bien —dice paseando de manera ostentosa la mirada por las sombras que pueblan los barrios bajos—. Quieres escapar de tu vida acomodada para vivir en las calles.

—No, quiero vivir en Tando —farfulla ella. Blair habla como si no pudiera contenerse, dejando escapar las palabras—. Me largo de aquí. Y me da igual si para eso tengo que cruzar las Brasas.

La Muerte no se imagina que esta chica de manicura perfecta pueda sobrevivir a semejante travesía. Ha sacado a almas mucho más fieras de esa tumba de arena. Todas ellas eran de idiotas que se dirigían hacia una vida mejor, pero el destino se burla de la esperanza.

—¿Las Brasas? —Al imperial solo le falta echarse a reír—. Paedyn casi no sobrevivió cuando tuvo que…

—Ya, claro —se burla la tele—. Porque la vulgar es el culmen de la fuerza.

—¡Escucha un momento, Blair!

Mara parpadea. Parece que el pelirrojo está… al rojo vivo.

Lenny respira hondo.

—Vamos a discutirlo, ¿de acuerdo? ¿Por qué te quieres ir de Ilya? Apenas has pasado un día, uno solo, encerrada en tu habitación, pero la vida que llevas aquí es la mejor posible.

Blair se echa hacia atrás un mechón de pelo lila.

—A ti te lo parece, claro.

—Yo me crie aquí. —El imperial hace un ademán que abarca los edificios destartalados; tiene una expresión adusta poco habitual en él—. En los barrios bajos. Así que, sí, tu vida me parece inmejorable.

Blair le da unas vueltas al concepto. En ningún momento se le borra del rostro el desdén.

—Como quieras. No necesitas saber por qué hago nada. Me quiero ir de aquí y punto. —Los ojos castaños se oscurecen aún más—. Y tú te interpones en mi camino.

La Muerte se pregunta de qué querrá escapar. De alguna tragedia humana, seguro, como la humillación pública o una mancha que no se va. Pero la ironía es pasajera, no encaja con esta alma.

Mara, siempre atenta, empieza a pensar que la señorita Archer es más de lo que parece. Tal vez esa fachada de dureza es fruto de haber sufrido demasiado dolor. La Muerte comprende a las mujeres fuertes, a aquellas que lo son porque la vida las ha obligado.

—No puedo permitir que te fugues así, como si nada —consigue replicar Lenny con una risa exasperada—. El rey me culparía a mí. Y no hablemos de tu padre...

—Lo entenderá mejor que nadie —masculla Blair.

El imperial se pellizca la nariz con un gesto exagerado de irritación.

—Da igual. Si dejo que te vayas del castillo así porque sí, podría perder mi puesto.

«Bien visto», piensa Mara.

La tele alza un dedo delante de la cara de Lenny.

—Para empezar, no hagas como si me estuvieras ayudando en ningún sentido. En segundo lugar... —levanta otro dedo—, eres un híper. Un amortiguador entre Paedyn y yo. Todo el mundo sabe que no podrías hacer nada contra mí.

Eso no le gusta nada al imperial. Está poniendo en duda de nuevo su fuerza y capacidad.

—El rey me ordenó que no salgas del castillo —responde Lenny, casi enseñando los dientes.

—Pues búscate otro empleo.

La luz de la luna juega con los rizos rojos del imperial cuando sacude la cabeza, incrédulo.

—No entiendes. Es que no entiendes. Algunos tenemos que trabajar. —Se aproxima a la tele—. A mí nadie me ha regalado una vida cómoda ni una habilidad superpoderosa. He llegado a donde estoy por mis propios medios.

La Muerte entiende a Lenny. Es sincero, parece decidido a llegar lejos. Son los humanos favoritos de Mara, los que no se esconden tras adornos. Este imperial se muestra atrevidamente desnudo.

—¿Y dónde estás? —se burla Blair—. ¿Tu sueño era convertirte en un guardia holgazán?

—Sí, porque quiero que me respeten a pesar de mi habilidad —responde Lenny con una sinceridad admirable—. Ya sé que para ti un imperial no es nada, pero, para mí, serlo lo es todo. —La vulnerabilidad tiñe cada palabra, y ya solo eso requiere coraje—. Y, si huyes, eso probará lo que todos piensan. Que no soy más que un híper más, tan débil como ellos.

Mara lo observa con la cabeza ladeada. En cierto modo, es irónico que no se dé cuenta de lo fuerte que hay que ser para mostrarse tan vulnerable.

Lenny respira hondo. Blair sigue impávida.

Pasan largos segundos en silencio. La Muerte observa, expectante.

—No me puedes detener, zanahoria.

El imperial junta las manos.

—Bien. Pues lo haremos a mi manera.

A Blair casi le entra la risa.

—¿Perdona?

—No te puedes largar —explica Lenny—. Echarás por tierra todo lo que he logrado, y eso sin mencionar que siempre habrá alguien que te buscará: tus padres, el rey… —Las palabras encienden una chispa de duda en la tele—. Nunca te librarás por completo de eso de lo que quieres escapar con tanta desesperación.

Blair no dice nada. Ante la falta de comentarios despectivos por su parte, el imperial sigue hablando:

—Tenemos que dar con una mejor manera de hacerte desaparecer, de que puedas vivir donde quieras sin miedo a que te encuentren. —Se detiene y la mira con escepticismo—. Si de verdad es lo que quieres.

—Lo es.

A la Muerte le parece que la respuesta de la tele es un poco apresurada.

Parece que Blair también se da cuenta, porque subraya su afirmación con un bufido desdeñoso.

—¿Y ese plan lo vas a pensar tú?

Lenny se pasa los dedos por el cabello indómito. Mara, que siempre tiene una opinión sobre todo, decide que le hace falta un buen corte de pelo.

—Si con eso no pierdo todo por lo que he luchado, sí, pensaré un buen plan.

—Lo dudo —se burla Blair—. Pero te doy una semana. Cuando fracases, y vas a fracasar, desapareceré sin más.

Lo aparta a un lado y echa a andar. Él la sigue a una distancia respetable.

Pero, pese a eso, siguen discutiendo todo el camino de vuelta al castillo.

La tele utiliza su poder para tirarle piedrecillas al híper una y otra vez mientras la Muerte los observa desde lejos, acechando entre las sombras, tal como imaginan los vivos.

Estos dos seres no tienen remedio.

Pero sus almas se empeñan en intentar conectar.

Mara medita sobre lo absurdo que es todo esto mientras regresa al castillo. Deja que la desconcertante pareja siga riñendo de camino a la habitación y pasea sin prisa por los salones silenciosos. Es muy tarde, así que todos los criados duermen, aunque los pasillos oscuros retumban con el eco de los ronquidos que emiten los imperiales adormilados, tan potentes que hacen vibrar los cristales de las ventanas.

La Muerte no sabe bien qué está buscando. Agradecería encontrar algo emocionante. Rara vez se le nota (recordemos que no es dada a la expresividad), pero lo inesperado la hace muy feliz. Lo malo es que hay pocas cosas que la sorprendan.

Como si fuera un desafío, el rey aparece tras doblar un recodo oscuro del pasillo.

Hum.

La Muerte admite su error. Tropezarse a estas horas con Kitt Azer es, sin duda, desconcertante.

—Mara —la saluda, a la vez perplejo y encantado ante su presencia.

Aún le resulta incómodo que la pueda ver un ser vivo, mejor dicho, un condenado.

La Muerte se habría olvidado de su propio nombre si el rey se lo hubiera preguntado un instante más tarde. Ese nivel de intimidad ya no es propio de ella. A este lado de la eternidad, no queda un alma que la haya llamado con algo que no fueran insultos. Para la mayoría, ella no es más que un monstruo.

La mirada de Mara recorre al rey. No se parece en nada a los muchos otros a los que ha llevado al Mors. No es duro, curtido. No. La luna acaricia los rasgos suaves de un niño obligado a convertirse en otra cosa, en algo más. Las ondas de pelo rubio, revueltas por el sueño, no combinan bien con lo alerta de sus ojos verdes. Sus rasgos son fuertes y a la vez sutiles, únicos pero armoniosos.

La Muerte tiene que reconocer, con cierta frivolidad, que este hombre no carece de atractivo. De hecho, ha visto una versión de esta cara muchas veces en el pasado. La sombra de la familiaridad está ahí, es el recuerdo de otro hombre que compartía el mismo semblante, y es también la razón que la trajo de vuelta a Ilya.

—¿Qué haces despierto a estas horas? —pregunta Mara, impasible.

No ha tenido muchas ocasiones de utilizar la voz en las últimas décadas, así que el sonido suave aún la sobresalta. Hasta ella reconoce que no encaja bien con las descripciones que suelen hacerse de la Muerte.

Kitt sonríe. Es algo que se le da bien.

—Yo te podría preguntar lo mismo.

La Muerte dice la verdad, algo que sin duda sorprendería a los vivos.

—Yo no duermo.

El rey se pasa los dedos por el cabello dorado, revuelto.

—Sí, uno acaba teniendo esa sensación, ¿verdad? Ya ni me acuerdo de la última vez que dormí una noche de un tirón.

No es lo que Mara quería decir, pero le divierte ver cómo los humanos sacan sus propias conclusiones. Igual que cuando Kitt pensó que era una curandera, esa misma mañana. Le pareció casi un cumplido. Hace mucho mucho tiempo, eso era lo que le habría gustado ser.

La Muerte observa a este hombre, que tiene un pie en la tumba.

—¿Qué hacen los reyes cuando no pueden dormir?

—Pasear de un lado a otro. —Suspira—. Pensar.

—Es mucho más productivo que la inconsciencia.

Kitt deja escapar una risita y se apoya en la pared para mirar por la ventana bañada por la luna.

—Tus colegas curanderos no están de acuerdo.

—Porque no les gusta pasar más tiempo del imprescindible con ellos mismos. —Mara entrelaza los dedos—. Por eso dan la bienvenida al sueño.

Kitt la observa. A Mara le parece que lo hace con admiración, pero no es objetiva, por supuesto.

—¿Por eso estás despierta? ¿Para pasar más tiempo contigo misma?

La expresión de Mara permanece inalterada.

—En cierto modo. Me busco entre las sombras.

La luna asoma a través de los cristales.

—¿No sabes quién eres, Mara?

A la Muerte le gusta el sonido de su nombre. Se le había olvidado.

—Ya no —responde simplemente.

Kitt tiene la expresión de alguien que, al fin, se siente comprendido por primera vez.

—¿Y... crees que vas a averiguarlo en medio de la noche?

—¿No son las partes más oscuras de nosotros mismos las que nos definen de verdad?

El rey no puede disimular una sonrisa.

—A lo mejor eres una erudita.

Transcurre un largo momento. Tal vez sean muchos. La Muerte ya no tiene corazón con el que contar los latidos.

Mara baja la cabeza y se aparta de la luz de la luna. Nunca se le han dado bien las despedidas, así que las evita.

Ya ha recorrido medio pasillo cuando la voz de Kitt la detiene.

—¿Mara?

Sí, le gusta escuchar su nombre. Y no tiene nada que ver con que sea el joven rey quien lo pronuncia, o eso quiere pensar.

La Muerte voltea hacia el alma que se apaga, de un azul desvaído, vacilante.

—¿Te importa si te acompaño en tu búsqueda? —pregunta él con cierto humor.

Mara ladea la cabeza.

—¿Te estás buscando a ti mismo?

Kitt se acerca a la Muerte a paso firme.

Es una buena descripción de su destino.

—No —reconoce el rey—. Espero encontrar algo mucho mejor.

CAPÍTULO 6

Kitt

Una explosión sacude el carruaje.

El impacto me lanza contra el asiento. Me zumban los oídos.

El tiempo se ralentiza; se me nubla la vista.

Los imperiales gritan y me rodean mientras, más allá del círculo de su protección, se desata un infierno en los barrios bajos.

De los edificios se desprenden escombros que llueven sobre la multitud que huye por las calles.

Jadeo al ritmo de los gritos desgarradores que se filtran entre el humo.

Cierro con fuerza los ojos irritados.

«Todo esto es por mi culpa».

Otra bomba sacude el coche.

«¿Cómo hemos llegado a una situación así?».

Hace apenas unas horas, estaba a salvo, en mi estudio.

La mañana era muy tranquila. Me pasé gran parte de ella contemplando mi mano manchada de tinta.

No llevaba ningún anillo en el dedo, y aun así sentía la carga del compromiso. Paedyn, pese a haberse convertido en una asesina, seguía siendo la misma chica testaruda que conocí. Solo hacía unos días que había aceptado con generosidad mi propuesta. La esperanza a la que se aferraba la Salvadora de Plata era tan inocente, tan irritante y admirable, como siempre. Su brújula moral me empujó a ofrecer justo lo que ella necesitaba oír: la promesa de una Ilya unida.

Ahora llevaba el anillo como un grillete; el sentido del deber hacia el reino la mantenía atada.

—¿Majestad?

Un curandero me estaba examinando, como todas las mañanas.

—¿Eh? —Levanté la vista hacia él, distraído.

Eli me dedicó una sonrisa forzada.

—Preguntaba si su majestad podría por favor girar la cabeza a un lado.

—Por supuesto —murmuré, obediente.

Se me iba la vista hacia un panfleto que estaba sobre la mesa, era el mismo que se había distribuido por toda la ciudad. Contaba la historia que había inventado para convencer a Paedyn de aceptar mi proposición. La unión entre élites y vulgares, presentada como una medida para animar a las ciudades vecinas a reanudar el comercio, no respondía en realidad a una escasez de recursos…, aunque los de Ilya empezaban a menguar. No, lo que yo buscaba eran reinos confiados y fronteras abiertas.

Los dedos gélidos de Eli se retiraron de mi cuello.

—Eso es todo por hoy, joven rey.

Incliné la cabeza en señal de agradecimiento mientras los curanderos, empeñados en estudiarme, y los eruditos, sumidos en sus murmullos, abandonaban el estudio. Me atravesó una punzada de decepción al comprobar que ninguno de aquellos rostros era el de Mara. Y eso me pareció preocupante. Cuando conocí a aquella mujer tan enigmática ya estaba comprometido, y tan lamentables circunstancias no habían cambiado.

Mi compromiso con Paedyn Gray era el precio que debía pagar a cambio de la grandeza.

Qué ironía, una vulgar iba a ser la chispa que encendería la expansión de los élites.

El estruendo de otra explosión me devuelve al presente.

Parpadeo para aclarar los ojos que el humo ha llenado de lágrimas.

Kai ya no está sentado frente a mí en esta carroza abierta fingiendo que no ve cómo la rodilla de Paedyn roza la mía. Aquel desfile interrumpido era más una excusa para pasar tiempo con él que una verdadera celebración de mi complicado compromiso. Y, durante un breve instante de aquel tranquilo paseo por el reino, casi me olvidé de que Paedyn estaba presente.

Hasta que me suplicó que las festividades llegaran también a su hogar, como yo sabía que haría.

Era tan previsible que resultaba admirable.

—¡Baja la cabeza, majestad!

El imperial me ladra la orden y yo me agacho, aunque detesto ser el único ocupante del carruaje que se encoge de miedo. Kai saltó a cumplir su papel de ejecutor, mientras que mi prometida no dudó en desafiar las órdenes. Atravesó la muralla de imperiales y desapareció entre el caos, y yo me quedé aquí, sentado, sopesando la incomodidad de mi decisión. Solo, olvidado.

«Toda esta destrucción es por mi culpa».

Los gritos crecen a nuestro alrededor, como una sinfonía siniestra.

«No soy un monstruo».

Había que hacerlo… Calum estuvo de acuerdo. Me parece importante recordármelo a mí mismo, quizá para no tener que cargar yo solo con la culpa. Pero necesitaba desorden, caos, un desafío tangible. El reino ha expresado con claridad su rechazo a una reina vulgar; yo no he hecho más que amplificar esas voces.

Las Pruebas deben comenzar. Y lo que ha ocurrido obligará a mi prometida a participar. La forzará a cumplir mi voluntad sin siquiera saberlo.

El humo se me acumula en los pulmones; empiezo a ahogarme por las consecuencias de mis actos.

«No soy un monstruo».

El zumbido en los oídos no es suficiente para aislarme del relincho de los caballos aterrorizados y de los gritos de los élites. Agachado en el suelo del carruaje, y protegido por un enjambre de imperiales, no alcanzo a ver nada de lo que ocurre afuera. La pesada corona se me escurre, y no me cabe duda de que encajo a la perfección en la imagen de un miembro de la realeza indefenso. Supongo que, en realidad, es lo que soy: un rey aún eclipsado por el pasado, por haber sido siempre el hermano más débil.

Pero ya no por mucho tiempo.

Me arranco la corona y la dejo caer al suelo con un tintineo.

«Este desorden es por mi culpa, así que debería formar parte de él».

Me pongo de pie pese a las protestas de los imperiales. La destrucción que he desencadenado con mis órdenes se despliega ante mis ojos: hay paredes derrumbadas, cuerpos dispersos. Las llamas se alimentan de los banderines desgarrados y devoran los carros de los comerciantes callejeros. La calle está cubierta de un humo espeso que difumina el caos que se oculta en su interior.

Pero lo que atrapa mi mirada horrorizada son los cuerpos esparcidos.

La sangre mancha los adoquines. Es una consecuencia inevitable en la que no había pensado.

«Iba a morir gente incluso antes de que mi plan se pusiera en marcha».

La parte más sensible de mí, esa debilidad que tanto odiaba mi padre, se avergüenza al comprender las consecuencias de mis actos. De hecho, me siento tentado de renunciar al destino que con tanto cuidado he construido para mí mismo si con ello pudiera salvar a los que se han cruzado en el camino de mis planes. Y ese pensamiento solo sirve para confirmar algo que sé con absoluta certeza.

Kitt Azer debe morir.

Un corazón compasivo no tiene cabida en la historia. Si deseo alcanzar la grandeza, ese corazón debe dejar de latir.

Una bomba estalla a pocos metros de mí y por unos instantes temo que algún poder superior haya malinterpretado la metáfora.

El carruaje se estremece y el impacto me lanza al suelo. Al caer, mi cráneo impacta con algo duro. Puede que haya gritado, no estoy seguro. El mundo se ha quedado en silencio de repente.

Alzo la vista hacia el cielo lleno de humo. Los imperiales se asoman por los laterales de la carroza y se cuelan en mi campo visual. Bajo las máscaras blancas veo bocas moviéndose con urgencia. Un zumbido sordo me llena los oídos. No tengo la menor idea de lo que están diciendo. Solo sé que siento frío.

Mis ojos se desvían al asiento que hay junto a mí. Es el mismo en el que Kai iba sentado durante el viaje mientras hablábamos de los viejos tiempos. Casi como si volviéramos a ser hermanos. Me encantaría aferrarme a ese momento si pudiera.

Pero parece que alguien se ha apropiado del asiento.

Otra figura, con las piernas cruzadas en una postura casi cómoda, ocupa ahora el lujoso asiento. La esbelta figura lleva un manto oscuro sobre los hombros; ladea la cabeza hacia mí y el cabello castaño rojizo le cae sobre las clavículas. Y, aunque se podría decir que los ojos son de un color café nada destacable, no he visto jamás una mirada tan penetrante.

«Mara».

Clava su vista en mí sin preocuparse lo más mínimo de la conmoción que nos rodea. Más bien diría que muestra un interés contenido, como si esperara algo.

Abro la boca, aunque no sé muy bien qué voy a decir, cuando la realidad se me echa encima de repente. Un imperial me jala para obligarme a sentarme enfrente de Mara y me informa de que partiremos de inmediato. Las palabras, todavía amortiguadas, van subiendo de volumen hasta que los sonidos del tumulto se convierten en un rugido sordo en mis oídos.

Estoy a punto de ordenar que me traigan a mi hermano cuando su figura se abre paso entre el humo. Y, aunque no debería sorprenderme ver a Paedyn en sus brazos, no por ello me duele menos.

«Cómo no iba a asegurarse de que ella estaba bien antes de volver conmigo».

Hago a un lado los celos que intentan distraerme y provocar en mí una reacción impulsiva. En su lugar, espero con altivez la entrada de ambos en el carruaje. Cuando un imperial abre la puerta e indica a mi ejecutor y a mi prometida que entren, desvío la mirada hacia el lugar que Mara ocupaba.

Solo que ya no es así. Ella se ha ido.

Contemplo con asombro el asiento vacío hasta que Kai y Paedyn se acercan. El carruaje se pone en marcha casi antes de que tengan tiempo de acomodarse frente a mí. Jadean y están cubiertos de sangre. La mirada de Paedyn se posa sobre el dobladillo del vestido, manchado de escarlata, y sus ojos se llenan de lágrimas.

—¿Qué pasó? —pregunta mientras se le quiebra la voz.

Kai observa con atención el caos que dejamos atrás a gran velocidad.

—No podemos hablar ahora. Hay oídos por todas partes.

La carroza traquetea sobre los adoquines desiguales y esquiva las piedras esparcidas por todos lados. El interés de mi hermano pasa a centrarse en mí.

—¿Estás bien? Me aseguré de que estuvieras rodeado de imperiales.

Trago saliva.

—Estoy bien.

«Soy un monstruo».

—¿Quién haría algo así? —susurra Paedyn.

«Un monstruo».

—Un monstruo.

Al oír a Kai, que susurra las mismas palabras que resuenan en mi mente, dirijo la mirada hacia él.

No. No, él no debe pensar eso de mí. Él no. Todo esto es por él. Por nosotros. Pronto se dará cuenta. Tiene que darse cuenta.

Los ojos de mi hermano vuelven a posarse en Paedyn. Como siempre.

—Es un mensaje.

Aparto la vista mientras las calles llenas de humo van quedando atrás.

Fue un mensaje. Uno que he dejado marcado sobre cada aspecto de mi vida: en la plaga que he tragado, en la traición a la mujer a la que ama mi hermano, en el dolor que debo infligir antes de ser capaz de otorgar el don del poder… No hay nada que no esté dispuesto a hacer por aquellos a quienes amo.

Y solo sé cómo amar a Kai.

«Soy un monstruo. Soy un rey».

Quizá uno no pueda existir sin el otro.

CAPÍTULO 7
Mara

La Muerte no tiene claro cuánto tiempo podrá Blair Archer mantener la farsa de que está leyendo el libro.

La tele no ha pasado ni una página en los cinco días que lleva confinada en su habitación. Eso a Mara le molesta, y en cierto modo es por egoísmo, ya que le gustaría seguir disfrutando de la historia. Pero esta falsa concentración es un truco de Blair para protegerse del incesante deseo de conversación del zanahoria, como ella lo llama.

Lenny ha adoptado la costumbre de acompañar a la tele en su aburrimiento en vez de esperar afuera, así que Mara está atrapada con ambos. La riña constante entre ellos ha tenido a la Muerte muy entretenida estos días, junto con el lanzamiento mental de objetos y las amenazas detalladas. Lenny se las arregla para quejarse cada hora del dolor del cuello (duerme en el suelo, aunque de vez en cuando ella le tira una manta), mientras que Blair sigue con los ojos fijos en el libro y no le hace ningún caso.

Aún no han intentado arrancarse los ojos mutuamente, pero la Muerte no pierde la esperanza.

Es una suerte que Mara disfrute con su compañía, por agotadores que resulten a veces, porque ahora mismo no tiene otras almas a las que acechar. Tras las explosiones del desfile, la Muerte ha considerado oportuno evitar al rey hasta que esté en condiciones de responder a las preguntas que sin duda le formulará. Porque no había planeado aparecer en esas circunstancias, pero el peligro inminente de Kitt en aquel momento la atrajo hasta él. Nunca había experimentado una conexión así. La Muerte siente el alma que se extingue como si fuera la suya propia. Este fin de una vida humana es único, pero él no lo sabrá jamás.

Porque la Muerte se aferra a la verdad, ya que es lo único que cada uno puede llevarse al otro lado.

Blair suelta el libro sobre la cama y suspira de alivio cuando Lenny sale de la habitación por segunda vez esa tarde (bebe mucha agua, y la tele no le permite utilizar su cuarto de baño). Así que la Muerte se acomoda sobre el edredón, a su lado, y mira cómo se pone el sol más allá de los ventanales. Le parece un espectáculo relajante, pero el ceño fruncido de Blair no apunta en la misma dirección.

Ah. Mara lo comprende (pese a lo que se dice de ella, no carece por completo de empatía). La vida sigue su curso... sin la tele.

Y parece que Blair se culpa de ello, como si se mereciera ese castigo. Esta joven intriga a Mara. ¿Quién es en realidad? ¿Qué quiere llegar a ser? Blair Archer es un misterio que la Muerte quiere resolver.

La tele se pone una almohada sobre la cabeza. Si tuviera que aventurar una teoría, como hace a menudo cuando trata con humanos, Mara diría que Blair intenta ahogar un recuerdo. La teoría se ve confirmada cuando la tele se incorpora de repente y respira hondo.

Ese arranque desconcierta a la Muerte. Luego, en los rasgos de Blair se dibuja una expresión de desafío.

La extraña mujer junta las manos y traga saliva con dificultad.

Mara se fija en cómo se pellizca, distraída, la piel de la palma izquierda. Es un hábito que tiene, no es la primera vez que se lo ve.

Pero ¿qué puede atormentar así a una mujer tan formidable?

El sonido de pasos que se acercan atrae la atención de Blair, y también la de la Muerte, a su lado.

Clic. Clic. Clic.

La tele pone los ojos más en blanco que en su vida.

Sabe quién viene.

Es una mujer de baja estatura con una expresión tan severa que parece forzada. Abre la puerta de golpe (también ella debe de tener llave) y avanza hacia Blair con los tacones altos resonando en el suelo.

—Esto es inaceptable. —Sacude el pelo castaño corto al decirlo—. Absolutamente inaceptable.

Mara mira a las dos mujeres. El ceño fruncido de ambas es tan parecido que resulta evidente su parentesco.

Debe de ser la madre de la teletirana (y, de nuevo, la Muerte no es la autora del apodo).

Blair agarra el libro para seguir con la farsa de la lectura.

—Esto va a estar genial —se burla.

Hum.

La Muerte llega a la conclusión de que Blair no se lleva muy bien con su madre.

—Han pasado cinco días, Blair.

A juzgar por la expresión tensa de la tele, el uso de su nombre no augura nada bueno.

—Cinco días que deberías haber dedicado a entrenar y aprender de tu madre —dice la mujer, furiosa. Los tacones retumban por la habitación hasta que se detiene junto a la cama—. Pero no. Estás encerrada en tu cuarto porque el rey cree que no puedes con una vulgar. —Mira a los ojos a su hija antes de asestar el último golpe—. Y no se equivoca.

Tiene mérito que Blair consiga mantener la cabeza alta y la boca cerrada.

Por lo visto, a la otra mujer le desagrada la ausencia de reacción, así que llena el silencio con más crueldad.

—No te eduqué para que fueras débil.

—¿No? —estalla Blair al final—. Porque la debilidad corre por tus venas, no por las mías.

Una bofetada le cruza la cara con rapidez, tan repentina. Incluso la Muerte se sobresalta ante esta madre que golpea a su hija, aunque no demasiado. Los más cercanos suelen ser los más crueles. Mara lo sabe por experiencia, porque a ella también la maltrataron. Pero a eso ella misma se encargó de ponerle remedio.

La fuerza del golpe sacude la cabeza de la tele, pero aun así se las arregla para conservar su petulancia característica. Porque el que ha asestado Blair ha sido aún más fuerte.

La mujer respira jadeante al lado de Mara mientras la mejilla de su hija se tiñe de rojo con la marca de los dedos.

Blair mira a su madre sin asomo de miedo. Parece que lleva muchos años practicando esa mirada.

—No permitiré que tu ineptitud acabe con esta familia —declara la mujer—. Nuestro legado seguirá adelante.

Blair fuerza una sonrisa insultante.

—Seré la vergüenza de todos nosotros.

—Con eso solo demostrarás que tengo razón. —El tono de la mujer es altivo. Ahora entiende la Muerte a quién ha salido Blair—. Y sé que es lo que menos deseas.

Ambas se miran con la misma aspereza que comparten. Transcurren unos segundos en los que dejan clara la animosidad que comparten. Luego, la madre de la tele se da media vuelta y se dirige taconeando hacia la puerta abierta.

—Ah, y la vulgar es ahora la prometida del rey —le dice por encima del hombro—. Si llega a ser reina, tendrás que responder ante ella. Y no te dejará libre jamás.

Prometida.

Eso la Muerte no lo sabía.

Cuando su madre sale por fin de la habitación, Blair deja escapar el aliento en una exhalación temblorosa y se lleva la mano a la mejilla dolorida. La ira se le dibuja en la cara.

—Qué encanto de mujer.

El sarcasmo del imperial hace que Blair ponga en blanco los ojos, que se le han llenado de lágrimas. El joven entra en la habitación, indeciso, con el ceño fruncido bajo la máscara blanca.

—¿Siempre te habla así?

Ahora el tono refleja sinceridad.

«Este humano es amable», piensa Mara, y no es la primera vez que lo nota. Tiene un alma cálida, acogedora, de las que los demás lloran cuando se van. El pensamiento hace que se agite de celos algo que lleva mucho tiempo muerto dentro de ella.

La tele respira hondo y borra todo rastro de emoción de sus facciones, endereza la espalda y alza la barbilla.

—No sé, cuando escuches a escondidas nuestra próxima conversación, podrás comparar.

—No se me ocurriría. —Lenny parece ofendido—. Esta la escuché porque la puerta estaba abierta, pero jamás invadiría la poca intimidad que te queda.

—¿Y qué? —replica Blair sin rastro de interés—. Tienes un superoído para chismorrear.

Mara empieza a comprender el poder del híper (y recordemos que utiliza la palabra «poder» en un sentido muy amplio).

El imperial se cruza de brazos. Tiene el uniforme arrugado de haber dormido con él. La Muerte ha notado que es una de sus escasas posesiones.

—Solo si quiero. Se puede… desactivar —explica, distraído—. Puedo encender o apagar mis sentidos cuando lo desee.

Esto no explica cómo fue capaz de detectar la presencia de Mara. Es otro misterio que la Muerte aún debe descifrar.

Blair dirige de nuevo la mirada hacia el libro que finge leer.

—Qué decepción.

—Bien, ya te entendí. —Lenny suspira, derrotado—. Mi poder es una mierda.

—Bueno, sí. —La tele no se molesta en mirarlo—. Pero lo decepcionante es que no te aproveches de esa mierda de poder.

El imperial se queda mirándola.

—Ah.

—Yo me divierto todo el tiempo con mi habilidad. —Apenas ha terminado de decirlo cuando la pelota púrpura que a Lenny le encanta botar le golpea de nuevo en la cara—. ¿Ves?

La Muerte observa que este objeto se materializa a menudo para causar dolor físico.

—Sé lo que estás haciendo —replica el imperial mientras se frota la frente—. Intentas desviar el tema. ¿Por qué no quieres hablar de tu madre?

—Porque es una cabrona —se limita a responder Blair.

Lenny suelta un bufido de risa.

—Debe de ser cosa de familia.

—No. —La tele cierra el libro de golpe—. Nos han hecho así.

El imperial pone en palabras la confusión que también muestra la Muerte.

—Eh… ¿Hablas de las cabronas en general? ¿O de…?

—Si tanto te preocupa la relación que tengo con mi madre, déjame escapar de ella —le espeta Blair—. Ya casi se ha agotado el tiempo para el trato que hicimos.

—Ahora que lo mencionas… —Lenny se sienta en la cama ignorando por completo su mirada de odio. Mara se sienta a su lado, y, para su decepción, nadie protesta—. Me encontré con Paedyn, que iba de camino a cenar con el rey, y… —Deja escapar una risita sombría—. Te sigue detestando.

—Por supuesto —bufa Blair—. ¿Y me cuentas eso en vez de mencionar que están prometidos? Con todo lo que hablas, pensé que al menos se te escaparía algo así de importante.

Lenny sonríe con timidez.

—Ya. Lo siento. Se me olvida que no tienes el poder de mierda de escuchar conversaciones. —Las palabras le salen a borbotones—. El día que me encomendaron esta desafortunada misión, Pae vino a verme justo frente a tu puerta. Me imaginé que habías oído el alboroto que montó al intentar llegar hasta ti, y nuestra conversación sobre el compromiso.

—Bueno, pues no. —La tele contiene un gruñido—. ¿Qué demonios hace Kitt casándose con esa vulgar?

—Lo que debe hacer —responde Lenny—. Por no mencionar que Ilya necesita el comercio. Los élites y los vulgares tienen que estar unidos. Y Paedyn puede lograrlo.

—No me extraña que pienses eso. —La voz de Blair es cortante—. Eres poco más que un vulgar.

—Cierto —admite el imperial—. Soy casi vulgar, pero la que está encerrada en su habitación sin poder moverse eres tú.

«Bien dicho», piensa Mara. Ha descubierto que todo el tiempo suele estar del lado del joven. Hasta la Muerte disfruta con su compañía.

—¿Sin poder moverme? —replica Blair con un bufido. Por desgracia, con ella no se deleita tanto—. Puedo salir por esa puerta cuando quiera.

—¿Y por qué no lo haces? —Lenny agita las manos, exasperado—. Hasta hace unos días, nadie te impedía escapar. Has tenido toda la vida para marcharte. Y nunca lo has hecho.

Mara los observa. En el rostro del imperial se muestra una expresión anhelante, casi de súplica. Pero la tele se oculta tras una máscara mucho más fría y cortante. Es como si estuviera al borde de algo irreversible, como si tuviera una terrible verdad en la punta de la lengua.

Por último, decide hablar y lo hace con tono exigente:

—¿Cuál es el plan?

La sombra de la tristeza empaña el rostro de Lenny, y a la Muerte no le pasa desapercibido. Quiere entender a esa tele temperamental, salvar el abismo que los separa. Pero Blair se niega a dar ni un paso para acercarse a él.

Los humanos son seres muy complicados. Mara lo recuerda bien. Tienen la mala costumbre de complicarse la vida a ellos mismos.

—De acuerdo —dice con un suspiro—. Pero no te va a gustar.

—Qué raro que eso no me sorprenda.

El imperial se acerca a ella.

—Bien. Como ya te dije, Paedyn quiere verte muerta. Tú quieres escapar de Ilya y que nadie te busque. Y yo solo intento conservar un poco de dignidad cuando todo esto acabe.

—Si es que te queda alguna —se burla Blair entre dientes.

—¿Sabes qué? —Lenny sacude la cabeza—. Casi me haces gracia, Blair Archer. Si utilizaras tus poderes para algo bueno…

La frase le arranca un atisbo de sonrisa a la tele. Igual que a la Muerte. Pero es un solo instante.

—Bueno, ¿y qué? A ver ese plan, zanahoria.

—Está bien, está bien.

No parece preocuparle mucho su propia seguridad.

Blair parece disfrutar con la situación.

Y la Muerte se la está pasando en grande.

—Por eso…, Paedyn tiene que matarte.

CAPÍTULO 8
Kitt

Tengo una mancha de tinta en la manga derecha.

Suspiro y la froto con el pañuelo, pero solo consigo extenderla más, así que acabo poniéndome el saco para taparla. Luego me aflojo la corbata y sigo con la tarea que tengo entre manos.

Un pergamino en blanco reposa sobre el desordenado escritorio, a la espera de que vierta mis pensamientos en él. Ya llené el anterior con un descubrimiento complejo y reciente. Porque así es como despejo la confusión de mi mente, a toda prisa, con un torrente de letras garabateadas. Sin embargo, ahora mismo la punta de la pluma flota sobre la página inmaculada sin tocarla.

No encuentro las palabras adecuadas para describirla. Quizá no existan.

Carraspeo. Tal vez lo mejor sea empezar por el principio.

Bajo la pluma hacia el pergamino.

Conocí a una mujer llamada Mara. Estaba en mi estudio, pe

Me aparto, sobresaltado, al ver que las palabras recién escritas desaparecen ante mis propios ojos.

Asombrado, veo desvanecerse cada letra de la página. Desaparecen poco a poco, como si el pergamino se tragara con avidez el rastro de la tinta. La página vuelve a su estado original, como si no hubiera escrito ni una palabra.

Tardo varios segundos en acordarme de respirar.

—¿Qué diablos está pasando? —murmuro, como esperando que el papel mágico me responda.

Con cierta vacilación, pruebo a escribir otras palabras.

Mara estaba en el coche durante el atentado del desfile. No sé cómo ni

La tinta desaparece.

Me acomodo en la silla sin salir de mi asombro.

«Todo esto debe de tener alguna explicación razonable. Tiene que haberla».

Rebusco entre las pilas de pergaminos; las notas manuscritas se esparcen en todas direcciones. En la esquina de un documento arrugado, escribo:

¿Quién es Mara?

Las palabras se desvanecen.

Saco otra hoja de la pila con prisa. Solo me molesto en escribir el nombre… y las cuatro letras desaparecen.

De pronto, me pongo a escribir las cuatro letras en cada superficie libre que encuentro, de forma obsesiva, maniática.

Mara. Mara. MARA.

Nada. Nada. Nada.

Es como si la mujer no fuera real. Como si las propias letras se rebelaran ante la idea de su existencia.

Me limpio el sudor del rostro. Puede que me esté volviendo loco, como todos predijeron al principio de mi reinado.

Contemplo la primera hoja que rechazó el nombre de Mara. Luego, con cierta incertidumbre, bajo la pluma de nuevo hacia el caprichoso pergamino.

Kitt.

Nada. No ocurre nada, y eso en sí mismo ya significa algo.

La palabra permanece intacta.

Estudio mi propio nombre. No tiene nada de especial.

Pruebo a escribir una frase completa.

Estoy en mi estudio.

Las palabras no se desvanecen, y de repente soy consciente de la ridiculez de la situación. Estoy mirando fijamente unos trazos de tinta como si esperara que saltaran de la página.

«Esto es una alucinación».

Redacto una frase más, esta vez descuidadamente, para demostrarme a mí mismo que todo esto es una insensatez.

Voy a averiguar quién es Mara.

El mensaje se esfuma sin dejar rastro. Y, aunque no estoy completamente seguro de estar cuerdo, no puedo rechazar la realidad de la página en blanco frente a mí. Llamaría a alguien para que me sirviera de testigo si no fuera porque tengo el pecho tan agarrotado que incluso me duele. Es una sensación ajena que me sobresalta y que desata un ataque de tos.

En ese instante, un escalofrío me recorre la espalda.

Ya lo he sentido antes, como si alguien jalara mi alma, como la presencia de algo que es infinitamente… más.

Levanto la vista de la página que se niega a registrar su nombre.

Y ahí está Mara, de pie.

Su cabello castaño rojizo cae suelto sobre el manto oscuro que oculta su figura. Tan estoica como siempre, su mirada penetrante me examina.

—¿Otra vez estás compartiendo tus pensamientos con el papel?

—Lo intento —digo, despacio y con evidente escepticismo—. ¿Qué haces tú aquí?

—Vine a ver si estabas bien.

—Eres una curandera muy concienzuda.

Le sostengo la mirada impasible.

—Hum. —Otra vez ese sonido tan intrigante—. ¿Vas a algún lado?

Cuando posa la mirada sobre mí, me acuerdo de repente de que sí tengo algo programado.

—Ah, sí. Hay una reunión para esperar a que Paedyn complete la primera Prueba.

—Pruebas. —Pronuncia la palabra como si fuera el remate de un chiste que se me escapa—. A los élites les encanta exhibir el poder de la Muerte.

Frunzo el ceño, confuso.

—El objetivo de las Pruebas de la Purga no es matar a los participantes.

—Hum. —Mi comentario parece despertarle interés—. ¿Y qué hay de estas Pruebas? ¿Son acaso una forma de librarte de tu prometida?

—Todavía no. Ella me es útil. —Soy incapaz de detener las palabras que se me escapan de los labios—. Vaya… —Casi me echo a reír ante la despreciable verdad—. Pensarás que soy la peor persona del mundo.

—No. —Mara me estudia con atención—. Eres mucho más complicado que eso.

Carraspeo otra vez para librarme de la opresión que vuelve a atenazarme el pecho.

Y, con cada tos, esa presencia inquietante, esa llamada de mi propia alma, se intensifica.

Alzo la vista hacia la mujer que me observa, y noto que algo se me encoge por dentro, acobardado.

—¿Quién eres?

Las palabras que he susurrado no parecen sorprenderla; no creo que sea fácil conseguirlo.

—Ya nos hemos visto antes.

—Estabas en el coche cuando estalló la bomba —balbuceo—. Sé que estuviste allí. —La confusión que he intentado contener se derrama a borbotones—. Ahora estás aquí y siento que el pecho se me encoge.

El silencio es la única respuesta a mi escepticismo.

—Puedo sentirte —digo con creciente agitación—. Como un… Como un par de ojos que me observaran desde el otro extremo de la sala, o una brisa fresca en la nuca. Dime quién eres en realidad, Mara. —Me levanto despacio, con las palmas apoyadas en el escritorio—. Porque no eres una curandera.

—No —confirma—. No soy curandera. Fuiste tú quien lo dio por hecho.

Agito la cabeza, frustrado, y noto que la corona se me desliza.

—No lo comprendo. Ayúdame a entenderlo. ¿Por qué estás ahí siempre que estoy…?

—¿Muriéndote?

Me le quedo mirando, boquiabierto. Si la expresión pensativa de sus rasgos se hubiera alterado lo más mínimo, me lo habría tomado como una broma.

—¿Muriéndome? No, yo no…

—En el desfile, estabas a dos metros de la Muerte —me interrumpe con voz serena—. A dos metros.

Jadeo con dificultad.

—¿Por qué estabas allí? Te vi sentada y luego… te desvaneciste.

Inclina la cabeza hacia un lado para mirarme como si mi ignorancia le inspirara compasión.

—Dos metros son suficientes para requerir mi presencia. Y, cada vez que toses, la plaga te empuja un poco más hacia mí.

La irritación me arrastra a la desesperación.

—¿Quién demonios eres?

Sus ojos oscuros se clavan en los míos.

—Esa no es la pregunta correcta.

Se me hiela la sangre y siento una opresión en el pecho. Como si el alma se me escapara.

—¿Por qué no puedo escribir acerca de ti? —Trato de mantener la serenidad—. Tu nombre… desaparece.

—No se me puede contener —responde como si resultara algo obvio—. Ni con el lenguaje ni con el tiempo.

—¿Qué demonios eres, entonces? —farfullo, sin aliento.

—Creía que querías verme. —La expresión de su rostro es indescifrable—. Si no, ¿para qué te ibas a tomar la plaga?

—Por el poder —respondo con firmeza.

—O para morir sabiendo que hiciste todo lo posible por conseguirlo.

Parece que toda la habitación da vueltas a mi alrededor.

—Pensaste que tomé la plaga para verte —digo con voz ronca—. Eso significa que…

Por primera vez veo aflorar a sus labios una sonrisa tenue.

—Ahora, menos de medio metro te separa de la Muerte.

Miro con asombro a la hermosa mujer que tengo frente a mí. Y que permanece al otro lado del escritorio… A menos de medio metro.

Trato de esbozar una sonrisa.

—Eso es ridículo.

—Vives en un reino bendecido con los poderes mágicos de la plaga, y ni siquiera te preguntas por qué —me recuerda—. No sé por qué la Muerte te sorprende tanto.

—No es que la Muerte me resulte desconocida —tartamudeo—. Lo que sí me sorprende… —la señalo con un gesto— es que seas tú.

Arquea las cejas casi imperceptiblemente.

—No es posible que sea la primera mujer que ves.

Me pellizco el puente de la nariz, como solía hacer mi padre.

—No, claro que no eres la primera mujer que veo. Pero sí la primera que afirma ser la Muerte.

Mara sopesa mis palabras unos instantes.

—Recogí el alma de tu padre fuera de la Arena. Lo habían apuñalado en el pecho y en el cuello. Tenía un alma muy tenaz.

Me clava la mirada, como si esas palabras no bastaran para inmovilizarme.

—¿Por qué…? —Trago saliva—. ¿Por qué me cuentas eso?

—No suelo mantener muchas conversaciones con los vivos. O con los casi vivos —se corrige.

Soy incapaz de hacer nada excepto mirarla boquiabierto. Toda esta conversación es una locura y, aun así, le sigo la corriente.

«Si de verdad es la Muerte, no quiero tenerla como enemiga».

—No me tienes miedo —observa Mara.

La súbita llamada a la puerta me sobresalta.

—Majestad, es hora de que hagas tu entrada —me informa un imperial desde el pasillo.

Tomo aire con dificultad.

—¡Enseguida voy!

Vuelvo a centrar la atención en Mara, en la Muerte o lo que sea.

Esboza la sonrisa más tenue que he visto.

No, es imposible, no puede ser la misma Muerte que infunde miedo a todos los corazones.

—Sigue con tu vida —me insta con dulzura—. Ahora que todavía puedes.

Y, al igual que su nombre sobre la página de papel, desaparece sin dejar rastro.

CAPÍTULO 9

Mara

Bump. Bump. Bump.

La pelota que Lenny no para de botar contra la pared ya empieza a desinflarse. Hasta ella parece haberse cansado del juego.

De vez en cuando, el imperial se detiene para mirar por la ventana con añoranza. La luna le devuelve la mirada desde el cielo, luminosa contra el manto negro. Esa luz blanca ilumina los rasgos preocupados que se dibujan en el rostro pecoso de Lenny. La Muerte lleva casi una hora observando cómo esa preocupación se hace más profunda.

No es el momento más interesante del día. Ese fue sin duda cuando entró en el estudio del rey como Mara y, al salir, ya era la Muerte. Y no sabe bien qué hacer con eso. Ningún alma ha conocido a la Muerte y ha vivido para contarlo.

Quizá debería aprovechar esta rara ocasión.

Blair, tendida en la cama, pasa una página del libro y sucede algo inesperado.

—Estás muy callado. Resulta sospechoso.

—Bueno… Cada vez que abro la boca dices que me vas a aplastar la tráquea, así que es simple precaución.

—Oye, igual no eres tan tonto como pareces —dice ella con verdadera sinceridad.

El imperial sacude la cabeza y vuelve a refugiarse en el aburrimiento.

Bump. Bump. Bump.

Blair se rasca el cuello.

—¿Ya empezaron las celebraciones?

Mara se da cuenta de que la tele no sabe qué hacer con este Lenny melancólico.

—Sí —se limita a responder él—. Están todos bebiendo y chismorreando.

La fiesta se celebra al otro lado del castillo. La Muerte tiene que reconocer que esa habilidad híper es fascinante.

—Seguro que está bien —resopla Blair con desgana.

Lenny voltea muy despacio hacia su protegida. En su trayecto, los ojos castaños vuelven a posarse sobre la Muerte. Si su corazón latiera, se le habría detenido por un instante.

—Caray. —El híper apoya la barbilla en la colcha y alza la vista hacia Blair sin darse cuenta de lo que Mara acaba de sentir—. ¿Estás reconociendo la fuerza de Paedyn, su capacidad para sobrevivir a esta prueba?

Ella lo mira con el ceño fruncido.

—No. Solo digo que siempre se las arregla para conseguir lo que quiere.

—Vamos, Blair. —Lenny la mira con aburrimiento—. Su padre murió. Tuvo que sobrevivir sola en las calles.

—Exacto —replica ella, tal vez con más precipitación de la necesaria—. Era libre. Podía hacer lo que quisiera. Y un buen día se cuela en las Pruebas de la Purga, para las que los demás nos hemos entrenado toda la vida. Y no solo eso. —Se ríe con amargura—. No, se las arregla para salir viva pese a ser una vulgar. Destacó en las Pruebas. Jugó con los dos príncipes. Luego se descubrió que era una traidora, mató al rey y huyó. —Las palabras se atropellan en su boca como si se hubiera roto un dique—. Y ahí pensé que no se iba a salir con la suya, y supongo que lo mismo creyó todo el mundo. —Blair deja escapar una carcajada sin humor—. Pero mira a dónde hemos llegado. Paedyn Gray es ahora la prometida del rey.

Sí, la Muerte quiere conocer a esa mujer.

—¿Por eso la has detestado siempre? —pregunta Lenny con cautela.

Blair suspira.

—Le tengo envidia, ¿de acuerdo? Es libre. —Las palabras suenan vacías—. Y es justo como mi madre querría que fuera yo. Menos en lo de ser una vulgar, claro.

El imperial sacude la cabeza.

—Qué... humano por tu parte.

Lenny aprovecha el momento para mirar con atención a la mujer que tiene delante. Mara lo ve empaparse de la sencilla blusa que lleva Blair, los pantalones ajustados, la expresión intimidante de su rostro. Y también ve el momento en que comprende que, bajo esa fachada, puede haber algo frágil.

Blair comprende de repente hasta dónde ha llegado con su sinceridad y vuelve a encerrarse en su caparazón insensible.

—Cierra el pico, zanahoria.

—Rezumas bondad —comenta Lenny con tono cálido. Retoma con naturalidad la dinámica del enfrentamiento y se inclina sobre la cama para dar un toquecito en el lomo del libro—. Oye, ¿qué lees?

La Muerte también quiere saberlo, pero parece que tendrá que buscarse otro ejemplar si quiere saber el final.

—¿A ti qué te importa? —replica Blair.

—Qué título tan interesante.

—Se acabó. —Cierra el libro de golpe, y el gesto resulta aún más teatral porque no estaba leyendo—. Me marcho.

Lenny la mira mientras se despega del cálido abrazo de la cama.

—¿A dónde vas?

—A Saqueo —le informa—. Estoy harta de esta habitación. Y de ti.

La Muerte la sigue con curiosidad. Se inclina sobre el hombro de Blair cuando esta se acerca a la chimenea. No tiene nada de llamativo; está apagada, fría. La tele se concentra en la losa de piedra lisa que hay en la parte de atrás, que chirría al moverla para dejar a la vista una entrada oscura.

Lenny mira con asombro el estrecho pasaje.

—Vaya —murmura—. ¿Así es como escapas de aquí?

La Muerte se acerca más. El túnel es tan reducido que apenas si cabe la pequeña escalera de caracol que desciende hacia la oscuridad absoluta. Lenny mete la cabeza por la entrada para mirar hacia abajo, y la expresión en el rostro de Blair indica que se le ha pasado por la cabeza la posibilidad de darle un empujón.

—Sí —reconoce la tele de mala gana—. La escalera lleva a los túneles que hay bajo el castillo. Casi todas las habitaciones grandes tienen pasadizos secretos que se utilizaban para escapar en caso de necesidad en los tiempos en que Ilya era débil y siempre estaba al borde de la conquista por parte de sus enemigos —le dice con impertinencia—. Ahora, al igual que los túneles, rara vez se utilizan.

Lenny asiente muy despacio.

—¿Y cómo es que...?

Blair suspira como si no le encantara demostrar que sabe más que él.

—Esto es la salida de humos. —Señala el hueco tras la chimenea—. Tiene el tamaño suficiente para dar salida a todas las chimeneas del castillo. Las habitaciones contiguas también disponen de acceso a esta escalera, y está cerrada hasta que llega al túnel.

El imperial saca la cabeza.

—Pese al tono condescendiente, la información es muy valiosa —masculla—. Gracias.

Es cierto. La Muerte ha disfrutado mucho con la lección. Le gusta seguir aprendiendo cosas nuevas pese a su edad avanzada (que ella no confiesa, por supuesto, porque es una dama).

—Oye —sigue Lenny cruzando los brazos sobre el uniforme arrugado—. ¿Cómo lo descubriste? Ya sabía que en el castillo había pasadizos secretos, eso lo conoce todo el mundo. Lo que nadie sabe ya es dónde está la mitad.

—Me lo dijo mi padre —replica Blair con tono seco—. Es el general, así que conoce las rutas de escapatoria del castillo.

—¿Tu padre te contó cómo entrar y salir sin que te vieran? —Lenny exhibe su sonrisa infantil, la que a Mara le parece adorable…, aunque la temible Muerte no debería pensar en esos términos, claro. Tiene una reputación que mantener—. No sabía que te daba tanta manga ancha.

—Porque no me la da —replica la tele, agresiva—. Pero hasta él se dio cuenta de que necesitaba una vía de escape de vez en cuando.

Eso le calma los ánimos al imperial.

—¿Para huir de tu madre?

Blair le lanza una mirada asesina, al borde de ese momento irreversible. No se digna a decir más, sino que agarra un farolillo de la repisa de la chimenea y, con una sonrisa arrogante que le cuesta esfuerzo esbozar, se agacha para meterse por el pasadizo oscuro.

—¡Blair! —Lenny se lanza tras ella—. No te puedes ir.

La respuesta lejana le llega con eco.

—Pues a ver cómo me lo impides, zanahoria.

Mara ve que el imperial alza la vista hacia el techo, como quien reza pidiendo fuerzas.

—Bien —dice al final—. Pues voy contigo.

—Que la plaga me ayude —masculla ella.

—Te oí.

—Ya lo sé.

Las voces se alejan en la oscuridad, y la Muerte se queda sola. Esta aventura le resulta intrigante, pero no ve la necesidad de ir con ellos. Ya ha hecho ese viaje una vez, y, si no fuera porque ya está muerta, tal vez no habría sobrevivido a las riñas constantes.

No, la Muerte irá a su encuentro cuando salgan. Es poder encarnado (metafóricamente hablando), palpitante (otra metáfora). Fuera del Mors, tiene sus limitaciones, pero un sencillo pliegue del espacio y el tiempo bastará para aparecer junto a un par de almas que no paran de discutir y no le costará nada.

Mara decide invertir en la fiesta el tiempo que no va a dedicar a caminar. Pese a lo que suele creerse, la Muerte es capaz de divertirse. No es raro verla entre los árboles del Mors, intercambiando chismes de los vivos por otros sobre las almas.

Pero, esta noche, Mara tiene que ser discreta. Nunca se imaginó que llegaría un momento en que no querría que la vieran. Ahora mismo, el rey sabe más que ningún otro ser vivo sobre ella, y le horroriza lo estimulante que es la sola idea. Así que, por desgracia, será mejor que lo evite hasta que tenga un plan mejor.

Es lo más razonable por su parte.

Mara entra en el salón de baile y al instante se da cuenta de que no va vestida para la ocasión. Entre ropajes tan lujosos, su capa oscura resulta demasiado sencilla, está demasiado usada. La Muerte no tiene nada en contra de las sedas y los encajes, como es evidente. Es una mujer que aprecia las cosas bellas. Pero su ocupación requiere un cierto grado de monotonía. Las almas no se la tomarían en serio si fuera vestida de rosa.

Hum.

Tal vez por eso mismo debería vestir de manera más femenina. Mara ya acumula un amplio abanico de expresiones incrédulas y chistes insultantes por parte de la mayoría de los hombres que se lleva al Mors, pero la mirada de espanto que llega al final, por lo general, cuando aceptan que, carajo, sí, es la Muerte, hace que la espera valga la pena. Y una indumentaria más delicada haría que el momento fuera aún más impactante.

Es un alivio que nadie la vea entre tantas gemas relucientes y vestidos deslumbrantes, ya que su lúgubre atuendo atraería todas las miradas. Pero hay alguien que sin duda reconocería el rostro de la Muerte (y otra vez le extraña lo estimulante que le resulta), y ese alguien está sentado en el trono, rígido, en la otra punta del salón de baile.

Kitt Azer es hombre de costumbres, y Mara empieza a darse cuenta. Es el rey, pero prefiere su estudio a lucirse ante la corte. Su rostro permanece impasible, algo llamativo en alguien tan expresivo, pero sin duda se debe a la inesperada visita de la Muerte. Seguro que la mente del rey no para de dar vueltas detrás de esos ojos verdes, y Mara tiene que esquivar su mirada durante toda la noche.

(Y le parece curioso lo frustrante que eso es para ella.)

Mara se desliza por el perímetro de la estancia, cerca de las paredes. Oye risas por todas partes, procedentes de quienes parecen convencidos de que Paedyn Gray va a fracasar estrepitosamente. La Muerte no conoce a la mujer de la que hablan, pero le resulta molesto. Si la subestiman, ya tiene mucho en común con ella.

Así que Mara aguarda. Parece que la tal Paedyn vale la pena. Y, cuando las grandes puertas se abren de golpe, todos se giran hacia aquella a la que han menospreciado.

Paedyn Gray entra a zancadas, ensangrentada, triunfante.

Varios mechones de pelo plateado están manchados de rojo y la piel sucia y llena de cortes le asoma bajo las ropas desgarradas.

Se pone una corona rota sobre la cabeza.

La futura reina, la menospreciada ante la que todos se inclinarán.

Mara se equivocaba. Sí que la conoce.

En las Pruebas de la Purga, recibió una herida en el vientre.

La Muerte estuvo allí.

En las Brasas, el agotamiento casi hizo que perdiera el conocimiento.

La Muerte estuvo allí.

En una alcantarilla oscura, llena de agua, casi perdió la esperanza y estuvo a punto de ahogarse.

La Muerte estuvo allí.

Esa alma conoce de cerca el desastre.

Mara ha acudido a su lado tantas veces que ya ni recuerda cuántas. Pero la mujer siempre ha logrado salir adelante.

Es asombroso. La Muerte ha empezado a temer el día en que esa alma pierda el equilibrio en la cuerda floja que ha recorrido durante tanto tiempo.

Y ahora le ha puesto nombre.

Paedyn Gray, el alma más esquiva.

Brilla con luz plateada en su pecho, reluciente como su pelo, ahora sucio de sangre.

Pura. Fiera.

Todas las almas cuentan una historia, y la suya rebosa perseverancia.

Mara la observa caminar hacia el rey.

Sí, está deseosa de volver a ver a Paedyn Gray.

En esta vida y en la otra.

CAPÍTULO 10

Mara

Lenny no percibe la presencia repentina de la Muerte junto a él sobre los adoquines irregulares de Saqueo.

Mara se lleva una pequeña decepción (tenía la esperanza de que la notara), pero no se sorprende. Por desgracia, el imperial está demasiado absorto por la tele que lo acompaña y por la forma en que Blair contempla los barrios bajos, iluminados por la luna, mientras una expresión desdeñosa asoma a su mirada impávida.

Eso no le sienta demasiado bien a Lenny.

—Si tanto detestas los barrios bajos —señala con sequedad—, ¿por qué quisiste venir aquí?

Blair le lanza una mirada de desagrado.

—No detesto estos barrios.

—Ah, ¿en serio? —se burla el imperial—. Pues cualquiera lo diría viéndote.

—He fingido odiar esto —lo corta—. Pero la verdad es que solo estoy enojada por no haber tenido nunca algo así.

—¿Así? —Lenny señala con un gesto la calle abarrotada de personas que vienen y van—. Blair, esa gente daría lo que fuera por tener lo que tú has tenido.

Mara, que sabe muchas cosas y siente aún más, no podría estar más de acuerdo.

—¿Crees que no lo sé? —Las palabras no suenan tan amargas como pretende—. Y, sin embargo, lo cambiaría todo para poder vivir como quisiera, amar a quien quisiera. Pero no puedo, y no lo hago, porque estoy atrapada.

El imperial se le queda mirando fijamente. La Muerte, a su lado, también.

—Blair…

De repente, una figura amenazadora se detiene frente a ellos y les impide el paso.

El hombre no es mayor que Lenny, aunque está claro cuál de los dos ha sido bendecido con un físico imponente…, en la modesta opinión de Mara. Los hombros enormes se elevan con cada inhalación y los músculos se tensan bajo la ropa y la túnica negra. La luz de la luna se refleja sobre los pómulos afilados y destaca la cicatriz que le cruza los labios. Su pelo, negro y ondulado, está atravesado por una mecha plateada. Y la Muerte se fija con interés en que cada brazo del hombre es tan grande como una pierna de ella.

Lenny carraspea, quizá con la intención de encararse con el imperial. Pero Blair se le adelanta y lo interpela con expresión aburrida:

—¿Podemos ayudarte?

—Sí. —La voz profunda del extraño es como una bocanada de aire gélido—. Te he estado buscando, Blair Archer.

—Rayos, hasta la voz es genial —murmura Lenny, pasmado.

La Muerte frunce los labios, aunque nadie ve el gesto. Por curiosidad, echa un vistazo al alma de ese hombre. Lo que percibe es un sorprendente naranja apagado.

Blair no parece impresionada en lo más mínimo, así que el imperial se esfuerza por imitarla.

—Mira —empieza a decir Lenny—, pareces un tipo estupendo, pero tenemos cierta prisa. Así que, si no te importa…

De repente, una fuerza invisible lo lanza a un lado.

Mara frunce el ceño, sorprendida (una rara muestra de emoción por su parte).

Lenny se tambalea y casi pierde el equilibrio.

—No he venido por ti —dice el hombre.

Otro tele, por lo visto. El asunto se pone interesante.

Blair se mantiene firme, con su habitual aspecto condescendiente.

—Si lo que buscas es dinero, te sugiero que robes a otros.

—No es dinero. —La figura amenazante del hombre se cierne sobre ella—. Pero hay una deuda que pagar.

—Blair —avisa Lenny mientras se apresura a volver a su lado—. No cometas ninguna…

—¿Y qué vas a hacer al respecto?

—… estupidez —termina el imperial, no muy convencido.

El desdén de Blair hace que se dilaten las aletas de la nariz del desconocido. Por un momento, sus ojos oscuros parecen atravesar el alma turbulenta de la mujer. Y, en ese breve instante, la Muerte piensa que quizá se dé la vuelta y se marche.

Luego oye un jadeo apagado.

Mara voltea hacia Blair y ve que aún mantiene la misma actitud impasible. Pero está cada vez más pálida y los ojos se le llenan de lágrimas.

Lenny traga saliva.

—¿Blair?

Blair se lleva la mano a la garganta mientras de los labios se le escapa un horrible jadeo.

El extraño la está asfixiando.

Y, aun así, se niega a dejar de mirarlo a los ojos.

En su pecho, donde debería haber un latido, la Muerte capta el zumbido del hilo de la vida a punto de romperse. Se siente atraída hacia Blair, como le pasa siempre que está cerca de un alma en peligro. Entre ellas se está forjando un vínculo, tangible y definitivo.

—¡Blair! —Lenny la sacude por los hombros. Luego se gira hacia el hombre—. ¿Por qué le haces esto? —grita, desesperado—. ¡Suéltala!

Un simple pensamiento del desconocido lanza a Lenny a varios metros de distancia, contra el carrito de un comerciante. Maldice mientras cae sobre las telas expuestas y rueda por el suelo. Con un gruñido, el imperial se apoya en los adoquines para incorporarse y adoptar una postura algo más digna.

Se envara al oír un grito ronco.

Mara se vuelve y ve a Blair que flota a un metro del suelo y trata de resistirse al poder del otro tele.

—Tú la mataste —dice el hombre mientras, con una mano extendida frente a él, mira el cuerpo suspendido de Blair—. Utilizaste este mismo poder para atravesarla por la espalda con una rama. ¡Por la espalda!

Hum. Este también quiere vengar a la misteriosa amiga asesinada.

Lenny se acerca cojeando. La Muerte no tiene muy claro en qué podrá ayudar; de hecho, el imperial parece estar pensando lo mismo, pero no se detiene.

—Por tu culpa, ella ya no está —jadea el hombre. Y, pese a la oscuridad, el dolor que lo consume es evidente; se refleja en la mirada vacía, en la voz trémula.

No solo conocía a esa mujer. La amaba.

Por fin, la situación cobra sentido para Mara. El amor es el mayor peligro al que alguien puede exponerse. Tarde o temprano, aquellos a los que quieres se te escurrirán entre los dedos.

La Muerte no es pesimista, pero ha visto mucho.

Es la venganza, esa lacra inevitable, la que empuja al extraño a lanzar a la asesina de su amada contra la pared de un edificio en ruinas.

—¡Blair!

No se mueve al oír el grito de Lenny, que corre hacia ella tan rápido como puede. La Muerte lo sigue, y el tele, que está haciendo lo mismo, saca del cinto un pequeño cuchillo. El imperial es incapaz de detener al vengativo desconocido cuando el arma corta el aire y atraviesa la densa oscuridad.

Un latido después (supone Mara), la hoja se clava en el hombro de Blair, justo debajo de la marca de nacimiento oculta bajo la túnica. (La Muerte solo conoce ese detalle íntimo porque la noche anterior sorprendió a Lenny recorriendo la marca con la mirada.) En su prisa por llegar hasta ella, el imperial tropieza y derrapa hasta detenerse junto al cuerpo desplomado. Blair se retuerce de dolor; su rostro pálido está cubierto de cortes y magulladuras.

Lenny se arrodilla a su lado.

Está recostada sobre la pared, sin fuerzas, pero sigue viva. El vínculo entre la Muerte y ella es todavía incompleto.

—Estás bien —trata de tranquilizarla Lenny; o quizá se lo dice a sí mismo—. Te vas…

El tintineo del acero detrás de él interrumpe las palabras del imperial. El extraño ha desenvainado una espada.

—Tú la mataste —gruñe—. Y ahora yo te mataré a ti.

—¡No!

Lenny se pone de pie; por su aspecto, está dispuesto a lanzarse sobre el imponente adversario.

Quizá la conexión entre sus almas no sea tan absurda después de todo, admite la Muerte a regañadientes. El híper parece decidido a arriesgar la vida por aquella a la que llama «teletirana». Aunque le pese, esto le resulta fascinante.

El desconocido alza la mano con la intención de derribar a Lenny.

El imperial se prepara para el impacto de otro empujón mental… que no se produce.

Por el contrario, quien sale despedido hacia atrás es el tele.

La empuñadura de la espada le golpea bajo el ojo con fuerza suficiente para provocarle un hematoma. Mara lo ve derrumbarse con un golpe seco. El cuerpo enorme se vislumbra en la oscuridad, tendido sobre los adoquines.

Lenny se mira las manos, asombrado.

—Fui yo, imbécil —jadea Blair limpiándose la sangre de la nariz.

—Claro. —Lenny se agacha junto a ella—. Por supuesto que fuiste tú.

Blair no tiene fuerzas para poner los ojos en blanco, pero está claro que le gustaría. Respira con dificultad y grita en dirección al tele, que se está levantando del suelo.

—Esto es entre tú y yo. Deja en paz al zanahoria.

El imperial da un respingo.

—Eso casi me ha emocionado…

—Cierra el pico —gruñe Blair con voz rasposa.

Son una pareja de lo más interesante.

Lenny le hace caso y aprieta los labios mientras le ayuda a adoptar una posición más cómoda. Enseguida el tele vuelve a cernirse sobre ellos. Mara se recuesta contra la pared; ha encontrado el punto perfecto para seguir observando el caos. Y aún es posible que se necesiten sus servicios.

Los ojos del extraño están anegados de lágrimas, pero la mirada que le clava a Blair no vacila.

—Si ese es tu último deseo, que así sea.

La luz de la luna se refleja en el acero de la espada, que centellea al trazar un arco sobre ellos.

Blair no se mueve, solo contempla el rostro de la venganza.

La Muerte siente el tirón de su línea de la vida. El Mors acogerá de buen grado a una nueva alma.

Pero es el imperial, debilitado como está, y objeto inevitable de todas las burlas, quien se interpone en el camino de la espada que se abate.

—¡Apártate de ahí! —aúlla el desconocido, que a duras penas logra desviar el acero. Lenny, con los ojos todavía cerrados, casi se ha sentado sobre Blair en un desconcertante intento de protegerla. Los abre poco a poco para mirar al hombre enfurecido. La punta resplandeciente de la espada señala ahora, sin vacilación, el corazón del imperial.

—Te dije —gruñe el hombre, frustrado— que te apartes de ahí.

—No. —Lenny traga saliva—. La muerte sería demasiado benévola para ella.

Mara ladea la cabeza. ¿Sería demasiado benévola?

Pero no se entretiene demasiado en pensarlo. Se siente muy complacida de que la hayan incluido en la conversación.

—Quieres que sufra, como sufres tú —se apresura a añadir el imperial—. Y así es. Carajo, tiene que aguantarme todos los días. —El hombre no baja la espada—. Si la matas, la liberarás de una vida que detesta. Además —jadea—, yo no conocí a Adena en persona, pero me parece que no le habría gustado que mataras a nadie en su nombre.

«Adena».

La Muerte se acuerda del nombre de cada alma que ha cosechado, así que ahora sabe sin la menor duda de quién están hablando.

Mara recuerda alzar su alma vibrante de la arena ensangrentada. Adena estaba muy callada; algo que, por su apariencia, no debía de ser frecuente cuando aún estaba viva. Pero el detalle más inolvidable era que no sentía miedo. Como si aquella nueva paz fuera un alivio.

—Deja vivir a Blair —murmura el imperial, con la mirada clavada en el hombretón—. No podrías provocarle un dolor mayor.

Un largo instante de silencio.

La Muerte recuerda con afecto aquella alma jubilosa.

De repente, hay un destello de acero. La espada se aparta del cuello de Lenny.

—Por Adena —dice el desconocido con un hilo de voz.

Y se desvanece en la noche.

Lenny está más en forma de lo que la Muerte pensaba.

Lleva en brazos a Blair sin la menor señal de cansancio, con un hombro estirado para servir de apoyo a la cabeza caída.

—Casi hemos llegado —murmura.

—¿A dónde vamos, Lenny? —La pregunta de la tele es más un balbuceo que un reto.

—¿Cómo? ¿Nada de apodos insultantes? —Acelera el paso (la Muerte se ve obligada a hacer lo mismo) y el movimiento sacude el cuerpo de la chica de un lado a otro—. Estás más grave de lo que pensaba.

—¿A dónde me llevas? —insiste Blair, con más acidez en sus palabras.

Mara, que se pregunta lo mismo, mira a Lenny expectante.

—A mi casa.

—¿Quieres decir —se esfuerza Blair, con la voz ronca— que vives con un montón de imperiales sudorosos por voluntad propia?

La Muerte dobla la esquina tras ellos.

—Vale la pena aguantar imperiales sudorosos para disfrutar del lujo de vivir en un castillo.

El gruñido de respuesta de Blair lleva consigo todo el desdén que ha sido capaz de reunir.

—Sí, pero tienes toque de queda. ¿También te arropan cuando te vas a dormir?

—Te burlas de mí, pero no me desagradaría que me arroparan cada noche.

—Ya te gustaría… —masculla Blair.

Doblan la siguiente esquina y…

La Muerte se para en seco. En una vida previa, el corazón estaría a punto de salírsele por la boca.

Mara recorre con la mirada los árboles retorcidos que rodean la casa destartalada. Las ramas se entrelazan unas con otras como en un abrazo infinito.

Es un trozo de tierra que la Muerte ha estado evitando desde que volvió a Ilya. Tiempo atrás, los árboles se alzaban frondosos, tan altos que las ramas parecían arañar el cielo. Ahora se doblan y se retuercen bajo el peso del tiempo y de los horrores que han presenciado.

Por suerte, la casa de aspecto frágil hacia la que se dirige Lenny no le resulta familiar.

Mara se obliga a seguir adelante hasta que se detiene frente a la puerta vieja. El escalón de la entrada está marcado con un montón de arena.

La Muerte se niega a sentir nada. Que es justo lo que los vivos esperan de un ser tan aborrecible como ella.

—¿De quién es esta casa?

El imperial responde la pregunta de Blair con amabilidad.

—Ahora es mía. Antes vivíamos aquí mi mamá y yo. —Baja a la tele hasta que apoya los pies en el suelo—. ¿Puedes aguantarte un momento?

—Sí, zanahoria, sé cómo sostenerme en pie.

—Veo que ya te sientes algo mejor.

Lenny jala un cordón rosa desvaído que le cuelga del cuello. Mara se da cuenta, consternada, de que no se había fijado en que asomaba un poco por el cuello del uniforme. De él cuelga una llave de hierro decorada con intrincadas espirales metálicas. La introduce a toda prisa en la cerradura y luego empuja la puerta con el hombro para abrirla.

—Hogar, dulce hogar. —Suspira Lenny.

Trata de rodear a Blair con el brazo.

—Ni se te ocurra —corta ella—. No necesito tu ayuda.

El imperial se aparta con las manos en alto.

—Si tú lo dices.

La tele levanta la barbilla, orgullosa. El gesto debe de provocarle un mareo, porque casi se derrumba contra el marco de la puerta.

Lenny carraspea.

—¿Seguro que no necesitas…?

—Méteme dentro —contesta Blair, airada.

Al instante, Lenny le rodea la cintura con un brazo vacilante. Blair deja caer el peso sobre él mientras se adentran en lo que, siendo muy generosos, podría llamarse un hogar. En realidad, es poco más que una choza con un techo de listones y sin muebles.

Mara examina el espacio sumido en la penumbra y siente un atisbo de alivio.

No hay ningún vestigio del pasado.

—¿Dónde está ahora tu madre? —pregunta Blair mientras se deja caer con cuidado sobre un camastro que hay sobre el suelo.

Lenny se estremece de modo perceptible.

—Me resulta incómodo pensar en ella como mi madre. Suena tan frío, tan formal…

—Lo es —responde ella, seca—. No todos tenemos la suerte de disfrutar de una mamá.

—Cierto. —Asiente con lentitud—. Supongo que he sido muy afortunado. En todo caso, mamá está ahora en Dor. Ayuda a los élites cuyos poderes son demasiado débiles como para que estén a salvo en Ilya. Porque tienen varios antepasados vulgares —aclara.

A la Muerte le encanta oír hablar de élites y de vulgares. La divierte mucho, como si fuera la única que se ríe de un chiste que no hace falta contar.

La chica se sienta con la mirada perdida. Lenny rebusca en una pila de ropa que hay a su lado, en el camastro.

—No tienes nada roto, ¿verdad? Porque me imagino que si lo tuvieras aún serías menos amable.

—No, no tengo nada roto.

Hum. Mara se queda un poco decepcionada ante esa respuesta tan neutral. De hecho, ahora que se fija, la tele parece derrotada. Si la Muerte tuviera que apostar por un motivo (lo que, por supuesto, hará), diría que Blair Archer no está acostumbrada al dolor. No deja que nadie se acerque tanto a ella como para hacerle daño. Esa habilidad prestada es la única defensa que conoce, y, si se la arrebatan, se siente débil. O, en realidad, se siente ella misma, como estaba destinada a ser.

—Estupendo —dice Lenny, aliviado—. Voy a vendarte hasta que consigamos llevar a un curandero a tu habitación con discreción. No sé muy bien cómo lo haremos, pero…

—¿Te importaría pensar todo eso en silencio? —escupe Blair entre dientes—. Porque vas a conseguir que me estalle la cabeza.

—Ah, sí. Empecemos por ahí.

No parece molesto por las hirientes palabras, lo que solo contribuye a enfurecer más a Blair.

Lenny le roza la frente con los dedos, y la tele se sobresalta.

—¿Qué diablos estás haciendo?

—Intento ayudarte —dice en voz baja. Con timidez, le aparta de los ojos un mechón de pelo enredado—. Así mejor. Ahora puedo ver el corte que tienes en la sien.

Mara se sienta en el camastro abarrotado. Parece que se van a pasar allí un buen rato.

—¿Por qué me ayudas? —quiere saber Blair.

Lenny arranca una tira de tela de la pila de ropas descartadas.

—¿Aparte de porque es mi misión? —Posa los ojos en Blair, que lo mira con ira—. ¿Por qué no te enfrentaste a ese tele?

La Muerte puede oír con claridad cómo Blair aprieta los dientes.

—Sí que lo hice.

—No —corrige el imperial—. En realidad, no. Te estaba oyendo el corazón, y solo se frenó un poco, como si…, como si tú…

—Hubiera aceptado mi destino —termina Blair con brusquedad, pero con voz firme—. Ya es la segunda persona que quiere verme muerta por lo que hice en la Arena. Igual es el momento de admitir que no les falta razón.

Lenny se le queda mirando, boquiabierto. La luna se asoma por las rendijas del techo y la luz mortecina se le derrama por la cara. Tiene una expresión que merecería analizarse, desmontarla capa a capa para exponer a la vista cada emoción. Pero ni siquiera Mara sabe lo que está pensando y sintiendo..., o lo que no.

—¿Vas a quedarte ahí hasta que me desangre? —lo pincha Blair.

La aspereza de esas palabras hace mella en el imperial y lo saca de su embobamiento.

—Perdón.

Carraspea y luego acerca el trozo de tela a la frente de Blair.

—¿Eso es arena? —El asco es evidente en sus facciones.

—Ah, sí. —Le rodea la cabeza con la venda improvisada y luego se la anuda sobre el cabello—. Volví hace poco de las Brasas.

—¿Qué?

—Formaba parte del grupo de la Resistencia que fracasó —explica con indiferencia—. Incluso rescaté a Pae del ejecutor y los llevé a ambos a Dor. Pero desaparecieron del campamento. Vaya asunto. —Suspira—. En realidad, por eso volví a Ilya. Mi intención era sacar a Paedyn del reino, hasta que descubrí que Kitt no tenía intención de matarla.

Hum. La Muerte no se esperaba eso. A lo largo de los años ha recogido a bastantes mártires y radicales, y a gente sedienta de justicia. Pero Lenny no se parece a ellos. No, sigue siendo un chico de buen corazón, un lujo que las revoluciones no se pueden permitir. La bondad no suele ser lo bastante impactante como para desatar cambios, así que a menudo la crueldad se justifica con las mejores intenciones.

El imperial agarra de nuevo la túnica gastada para arrancarle otra tira.

Blair se queda mirando el tejido lleno de arena.

—¿Son esas las ropas sudadas que llevabas en las Brasas? —La voz está cargada de amenaza.

Lenny tiene la osadía de soltar una risotada.

—Te cuento que era un miembro de la Resistencia, ¿y eso es lo primero que me preguntas?

—Me da igual que seas un traidor —afirma—. Además, eres un híper, y tu mejor amiga, una vulgar, así que tampoco es que me sorprenda. Lo que no me da igual es que me pongas esa tela sucia sobre una herida abierta.

Lenny da un respingo.

—Admito que no es lo ideal, pero no tengo otra ropa.

—Me dan ganas de estrangularte.

—No malgastes tus fuerzas. —Lenny se inclina para examinar un corte en el antebrazo—. Además —le lanza una sonrisa a la que ella responde con un bufido—, te acabo de salvar la vida.

Cierto, lo ha hecho.

La Muerte se da cuenta de que eso es algo que Blair no acepta de buen grado.

—¿Hablabas en serio? —le pregunta con fingida indiferencia—. Cuando le dijiste que dejarme vivir era una tortura peor que la muerte.

Mara levanta la cabeza al verse aludida.

Lenny mira de reojo a la muchacha que tiene que proteger mientras la luz de la luna le salpica la cara de pecas pálidas.

—¿Es cierto?

Blair parece debatirse consigo misma.

—Yo quería ser pastelera —estalla por fin.

Hum. La tarde ha traído consigo otro descubrimiento inesperado más. A diferencia de Lenny, Blair parece demasiado seca y cruel para una confesión tan íntima.

Lenny, en un ejercicio de prudencia, no se ríe.

—¿Qué?

—Ya que estamos admitiendo cosas —se obliga a decir—, creo que deberías saber que siempre quise ser pastelera.

El imperial parpadea, sorprendido. Luego, finalmente, se le escapa una carcajada inevitable.

—Perdón. Es que me cuesta imaginarte tratando de que la gente se sienta a gusto y feliz.

—Bueno, en este maldito reino asolado por la plaga solo hay tres o cuatro profesiones posibles —replica, aunque el veneno de su voz se diluye—. Cuando era pequeña, la pastelería era el único aspecto de mi vida donde tenía algo de control. Cada cantidad, cada ingrediente…, era yo quien lo decidía.

La Muerte la comprende a la perfección. En una vida anterior, ella también anhelaba el control. Ahora, Mara está a merced del Mors.

Lenny venda con dulzura el corte que se esconde bajo la manga desgarrada de la túnica.

—Entonces… —vacila, como si Blair estuviera a punto de interrumpir ese momento de vulnerabilidad repentina—. ¿Por qué no eres pastelera?

Blair exhala poco a poco.

—Mi madre quería un hijo. Un varón fuerte que algún día pudiera reemplazar a mi padre en el puesto de general. —Mara y la tele ponen los ojos en blanco al mismo tiempo—. Así que, desde que nací, fui una decepción para ella. Mi madre sabía que tendría que trabajar el doble para hacerme con el puesto de mi padre, porque, por la razón que sea, ser mujer se considera una desventaja.

La Muerte empieza a comprender a esta humana tan conflictiva… Puede que incluso le esté empezando a caer bien.

Lenny sostiene la mirada de la chica que le han ordenado proteger mientras la insta en silencio a seguir abriéndose.

—Cuando tenía cuatro años —continúa Blair, seria—, mi madre me hacía entrenar durante medio día completo. Lo único que de verdad le gustaba de mí era mi poder, así que me obligaba a ser lo que ella jamás podría: una zorra arrogante, letal y cruel. O eso me han dicho.

Los labios del imperial esbozan una sonrisa sombría.

—Ambos tenemos derecho a un apodo insultante.

Blair le dedica una mirada gélida.

—En cualquier caso, modelarme en la perfecta creación que ella quería se convirtió en su única misión. Me enseñó a ser intimidante, a no demostrar miedo jamás. A ver a los príncipes como competidores, como un obstáculo que conquistar siempre. —Se detiene, como si esa confesión espontánea la molestara—. Y yo no podía evitar guardarles rencor. No porque lo quisiera mi madre, sino porque a ellos se les permitía vivir. Tenían mucho poder y, aun así, los chicos podían ser solo eso… Chicos. —Se pellizca la piel de la palma de la mano—. A mí no se me permitía tener amigos, ni divertirme, ni comer nada que me gustase. Mi vida no me pertenecía. Así que, cuando me harté de tragar siempre la misma bazofia insípida, decidí hacer algo que sí pudiese controlar. Me colaba en la cocina y robaba especias, fruta, lo que que pudiera agarrar.

—Me preguntaba por qué Gail te conocía tan bien —murmura Lenny.

—Ella sabía que me estaba llevando cosas. —La tele esboza una sonrisa al recordarlo—. Pero nunca intentó detenerme. Quizá se dio cuenta de que era mi forma de escapar de la niña insensible que mi madre me obligaba a ser. Pero entonces —la voz se vuelve más fría— la sargento me descubrió.

—La sargento —repite Lenny—. Es decir, tu mam… Perdón, tu madre.

—No soporta que la llame así, y por eso lo hago —explica Blair sin tapujos—. Además, le queda muy bien. Mi padre nunca dio tantas órdenes como ella. Así que, cuando descubrió que yo tenía una afición que no me ayudaba a convertirme en general, decidió que la pastelería era una tontería y me ordenó que lo olvidara para siempre. Para ella, mi único objetivo era continuar el legado familiar.

De nuevo, la Muerte siente una punzada de simpatía.

Lenny se inclina hacia ella para escucharla con más atención. Mara está sorprendida de que pueda permanecer callado tanto rato.

—Ese día le propuse un trato —siguió Blair—. Si ganaba las Pruebas de la Purga y conseguía más honor para nuestra familia del que podría alcanzar cualquier general, tendría que dejarme ir. —Se mira la piel irritada de la palma—. Han pasado cuatro años, y he invertido cada día en convertirme en la versión más cruel y letal de mí misma que me sea posible.

—Tenías que ganar —murmura el imperial—. Ahora tiene sentido. Pero… ¿por qué no huiste y listo?

—Era muy joven —replica—. Sabía que mi madre me encontraría y cancelaría el trato. Pero ahora… ya no tengo nada que perder. —Las palabras son secas y precisas—. En aquellas Pruebas, luchaba por mi vida. Si ganaba, no tendría que vivir bajo el control de la sargento ni a las órdenes del rey. Podría empezar de nuevo, ser quien yo quisiera, quien habría sido si mi madre no me hubiera moldeado así.

Por desgracia, es como verse en el espejo, comprende Mara. Sin haberle posado los ojos encima jamás, esa chica entiende a la Muerte de un modo mucho más íntimo que la mayoría de la gente. Porque ambas están consumidas por una pasión de la que se ríe el destino.

Las palabras se derraman sin control y amenazan con ahogar a Blair.

—Cuando maté a aquella chica, Adena, pensé que a la larga valdría la pena. Iba a ganar las Pruebas de la Purga. Había calculado la puntuación que tenía y sabía que, si terminaba el laberinto en primera posición, sería libre.

Lenny agacha la cabeza.

—Pero entonces atacó la Resistencia.

Sí, Mara recuerda haber recogido un mar de almas debilitadas en aquel estadio. Todas estaban bastante satisfechas de haber muerto, rememora. Porque la mayoría poseía esa cierta calma que resulta de tener un propósito claro, una esperanza.

—Y las sextas Pruebas de la Purga no tuvieron ganador —musita Blair—. Mi madre se negó a cumplir su parte del trato, así que fue todo en vano. Toda la saña con la que me enfrenté al mundo, toda la sangre que derramé en la arena… —Habla con una voz tensa, extraña—. Aquella fue la primera vez que maté a propósito. Creía de verdad que era una delincuente. Pero la muerte de Adena ni siquiera me sirvió para tener una vida propia. Así que sí —explica, serena—, lo que le dijiste al tele era cierto.

Un silencio incómodo se hace entre ellos.

Por primera vez, la Muerte siente que quizá no debería entrometerse en un momento así.

La pálida luz de la luna que se derrama sobre la escena tiñe de plata las pestañas de Lenny. Blair también se ha dado cuenta, porque no le quita ojo de encima. A buenas horas.

—¿Y bien? ¿No vas a decir nada? —exclama por fin.

El imperial esboza una sonrisa.

—«Nos han hecho así». Es lo que me dijiste sobre…, bueno, las zorras. Creo que ahora por fin lo entiendo.

Mira a Blair como si la viera de verdad por primera vez. Mara siente una envidia silenciosa. Nunca ha sido la destinataria de una mirada como esa. Al menos, no a este lado de la eternidad.

La tele asiente con frialdad.

—A mi madre le hicieron lo mismo. Como tenía un poder muy débil, se vio obligada a volverse fuerte. Por eso me odia, porque considera que quiero desperdiciar mi poder en simples pasiones.

—Lo siento —contesta Lenny, apesadumbrado—. Siento de veras que hayas tenido que pasar por todo eso.

Esas palabras le recuerdan a Blair que debe alzar de nuevo la fachada impenetrable. Se endereza con un respingo.

—No necesito que te compadezcas de mí.

—No, no lo necesitas —concuerda él—. Por eso, en vez de compasión te ofrezco mi ayuda. —El imperial asiente, con la mente en otro lado—. Vas a escapar de aquí, y no voy a dejar que mi reputación se interponga.

—Pero… —La barrera de Blair vuelve a desmoronarse—. Ibas a buscar una forma que no te hiciera parecer aún más débil…

—Sí, ya lo recuerdo, gracias —la interrumpe Lenny al instante—. Pero el ataque de antes… Fue un recordatorio. —Traga saliva—. Es hora de dejarse de tonterías y aceptarlo. Siempre voy a ser débil. Tenías razón. Nadie cree de verdad que yo pueda protegerte.

Las palabras están teñidas de una hilaridad que la Muerte está segura de que lleva años perfeccionando. Seguro que ya ha usado ese tono para burlarse de sí mismo antes de que otros lo hagan, para esconderse detrás del humor. Es un mecanismo muy triste, concluye Mara.

—De acuerdo. —Blair se cruza de brazos, lo que le provoca otro respingo—. Entonces te enseñaré a ser poderoso.

Al imperial le parece muy divertido.

—Mierda, ¿otra vez estás siendo amable conmigo? El golpe en la cabeza ha debido de ser muy fuerte.

—Si quieres, te lo demuestro en tu propio cráneo.

—Mira —Lenny levanta las manos en un gesto defensivo—, te agradezco la oferta, que es muy amable, de verdad. Pero soy un híper. La palabra «poderoso» no encaja mucho conmigo.

—Porque dependes tan solo de tu habilidad. —La tele arrastra las palabras—. El auténtico poder reside en cómo te ven los demás. Es puro teatro, una ficción.

—¿Y tú? —pregunta el imperial, con dificultad—. ¿Lo tuyo también es una ficción?

Blair, bañada por la luz de la luna, alza la barbilla.

—Esa ficción es lo único que he conocido jamás.

Sí, decide la Muerte.

Es como mirarse al espejo.

CAPÍTULO 11

Kitt

Los frascos forman una hilera en el borde del escritorio.

Contienen un horrible brebaje de hierbas diversas que tengo que tragar cada tres horas. Eli, más hosco que de costumbre, pero tan insistente como siempre, me prometió una buena reprimenda si volvía y veía que las pócimas seguían ahí. Luego abandonó el estudio, distraído, mientras tomaba notas en un cuaderno.

No han pasado ni veinticuatro horas desde que Paedyn volvió de la primera Prueba con la corona ensangrentada y las heridas a la vista.

Menos de veinticuatro horas desde que me tomé varias copas de champán mientras la esperaba, tratando de acallar el ruido en mi cabeza.

Menos de veinticuatro horas desde que la Muerte me mostró su rostro y tocó mi alma agotada.

Me froto los ojos legañosos. Anoche casi no dormí, preocupado por la idea de que cada sombra pudiera ser la de la Muerte. Incluso ahora, mis ojos se dirigen hacia el estudio en busca de ese pelo castaño. Pero no por la razón que llevaría a muchos a vigilarse las espaldas, a preguntarse si lo que sienten en la garganta es la mirada de la Muerte. Lo que hace que Mara sea tan esquiva es el temor ante el propio destino. Algunas personas están obsesionadas con encontrarla antes de que sea ella quien las encuentre.

Pero lo que me empuja a mí no es el miedo, sino la verdad.

Apenas han pasado horas desde que, por primera vez desde su muerte, inspeccioné la habitación de mi madre. Mi padre no me dejaba ni acercarme, como si mi simple presencia pudiera mancillar su recuerdo. Y puede que, por una vez, su crueldad estuviera justificada. Porque fue mi vida la que provocó la muerte de Iris, hace ya tantos años.

El dormitorio estaba tal cual lo dejó, aunque cubierto por una gruesa capa de polvo. El joyero de la mesita no llamaba la atención, aunque la posibilidad de encontrar un anillo que alguna vez hubiera rodeado el dedo de mi madre, o algún collar que hubiera pendido de su cuello, me empujó a abrir la tapa.

Pero las cartas de amor que encontré en su interior no estaban escritas con la letra impetuosa de mi padre. No, la tinta reflejaba unos trazos redondeados y una devoción que Edric Azer habría sido incapaz de mostrar.

Reconocería esa caligrafía ondulada en cualquier parte.

Mi madre tenía una aventura con el leementes del rey. Con mi leementes.

Hasta el rumor más leve sobre la ilegitimidad de un heredero puede acabar con un reino. Y, si soy un bastardo, mi verdadero padre es lo único que se interpone entre mi reinado y yo.

Muevo los dedos sobre el borde mellado del escritorio.

Mara me ha estado evitando. Y, dado que es, de hecho, la Muerte, eso debería aliviarme. Pero ayer por la tarde, entre la cuarta copa de champán y la quinta, comprendí que el extraño vínculo que tenía con mi alma podía resultarme útil.

La Muerte conoce a los muertos... mejor que nadie.

Suspiro y me quito la corona dorada. Sería extraño llevarla mientras me estiro para alcanzar el abrecartas de plata medio oculto bajo los pergaminos desperdigados. No sé si lo que estoy a punto de hacer es valiente, beneficioso o brutal. En todo caso, es un acto de desesperación, y quizá incluso sea una locura predecible.

Pero, si los ataques de tos que me esfuerzo en provocar no consiguen atraerla, voy a necesitar algo más convincente. Algo que se asemeje más a la propia Muerte.

Desenvaino la delgada hoja. Está embotada, lo que me ofrece un atisbo de consuelo; pero también hace que resulte más difícil perforar la piel.

Apoyo la punta sobre el corazón. Respiro hondo. La empujo hasta que atraviesa el tejido de la túnica y me pincha la piel. Un poco más, y brota la sangre. El avance de la hoja me produce un dolor ardiente...

—¿Qué estás haciendo?

Mara ha llegado.

He logrado arrancar a la Muerte de entre las sombras.

Su rostro carente de emociones contrasta con la urgencia que se asoma a su voz. Como siempre, va enfundada en ropas negras: túnica, pantalones y manto. El cabello castaño rojizo que tanto he buscado se derrama sobre la capucha echada hacia atrás.

—Invocarte —respondo con toda sinceridad—. No sabía si funcionaría.

—Si llamas a la Muerte, yo respondo. —Se le van los ojos a la mancha de sangre que me oscurece el tejido azul de la túnica—. Tu alma ya está marcada. Clavarte un puñal en el corazón es pedir a gritos que me la lleve.

—No estoy tratando de morir —me apresuro a explicar—. Solo quería llamar tu atención.

—Ya cuentas con ella, puesto que te estás muriendo.

—De acuerdo —respondo con sequedad, fingiendo aceptarlo a regañadientes, porque sé que es lo que espera oír. Pero la verdad es mucho peor: le creo. Sospecho que la Muerte debe de saber mejor que nadie si la mía es inminente—. Así que, por favor, antes de que te lleves mi alma, ayúdame.

Un atisbo de sorpresa le atraviesa las facciones.

—No tienes miedo de mí, ¿verdad?

Dejo el abrecartas en el escritorio con cuidado de no manchar de sangre las notas.

—Tu aspecto no me despierta ningún temor.

—No. —Ladea la cabeza—. Con esta apariencia, no.

No profundizo en sus palabras porque quiero seguir sin sentir miedo de ella.

—Huir de la Muerte es desperdiciar tu vida —murmuro—. Prefiero enfrentarme a ti de frente.

—Hum. —Sopesa mis palabras con gran interés—. Los Azer son tan osados como recordaba.

—¿Así que te acuerdas de los Azer? —me intereso de inmediato—. ¿De todos?

—De algunos más que de otros. —Un destello de emoción cruza su mirada—. Pero, sí, recuerdo cada alma que he arrastrado al Mors.

—El Mors. —Saboreo la extraña palabra—. ¿Qué es?

—El lugar donde residen los muertos.

—¿Lo pueden visitar los vivos? —La pregunta me hace parecer el rey loco que fui tiempo atrás.

Un atisbo de sonrisa se le asoma a la comisura de los labios.

—El Mors no es un lugar que se pueda encontrar, ni conquistar, ni codiciar. No forma parte de este plano de existencia. La vida no puede adentrarse en el territorio de la Muerte.

Le sostengo la mirada.

—Pero ¿yo sí podría?

La expresión apacible no cambia.

—¿Por eso quieres que te ayude?

—Necesito hablar con mi madre. —Las palabras, teñidas de desesperación, se me escapan de los labios—. Tengo que averiguar si algo es cierto, y ella es la única que puede decírmelo. Es imprescindible que hable con ella. Si puedo ir al Mors…

—Iris Azer. —Al oír el nombre guardo silencio. Mara lo ha pronunciado como si fuera un recuerdo lejano—. Hace al menos una década que no compruebo cómo está —murmura con calma—. Su alma fue de las fáciles.

Se me hace un nudo en la garganta.

—Déjame verla. Por favor.

La Muerte me contempla largo tiempo.

—No suelo hablar con los vivos sobre la vida que los aguarda tras la muerte.

—Entonces ¿a qué has venido? —replico sin aliento—. ¿Por qué estás en Ilya y me persigues? Al fin y al cabo, aún sigo vivo. —Me paso la mano por el cabello; la herida superficial del pecho me provoca un respingo de dolor—. ¿Por qué pierdes el tiempo con alguien cuya alma todavía no te puedes llevar?

Frunce el ceño; una arruga casi imperceptible, pero que representa una grieta en su fachada de estoicismo.

—¿Acaso la Muerte no puede sentir curiosidad por la vida? ¿Espiarla? —Se le ensombrece la mirada—. Que sea la Muerte no significa que no sienta nada.

Me sorprende el remordimiento que me despiertan sus palabras.

—Lo siento. Yo no… No sé nada de la Muerte. De ti. —Cierro los ojos y suspiro—. No sé nada de ti.

Mara me mira tanto rato que acabo por sucumbir a un ataque de tos; uno real, no fingido. Es casi como una ronquera, en realidad. Trago saliva para calmar el ardor de la garganta antes de que se inflame.

La mirada de la Muerte se aparta de mí y se posa en la hilera de frascos del escritorio.

—Esas medicinas no te van a ayudar.

—Me lo imaginaba.

—No puedes engañar a la Muerte.

—Jamás se me ocurriría intentarlo.

—Eso es verdad —concede—. Pero yo sí podría.

El corazón, desbocado, se acelera aún más.

—¿Qué?

—Tendrías que morir. Temporalmente —añade—. Como ya te he dicho, solo los muertos pueden cruzar al otro lado.

—¿Y cómo sabes que mi muerte va a ser solo temporal? —Me cuesta pronunciar en voz alta semejante locura—. ¿Podrías traerme de vuelta?

Mara entrecruza los dedos.

—Pese a la creencia popular, no es responsabilidad mía decidir quién va al Mors ni cuándo. Yo solo los llevo allí cuando la vida se cansa de ellos. —Pasea la mirada sobre mí—. Te llegará el momento. Pero todavía no.

Me levanto de la silla; la cabeza me da vueltas.

—Entonces ¿cómo hago para… morir?

—Puedo pararte el corazón —explica—. Ya sabes, darte un pequeño empujón que te envíe al otro mundo. Y traerte de vuelta al cabo de unos minutos. Pero, en el Mors, el tiempo no existe, así que puede que a ti te parezca un periodo muy largo.

Las palabras parecen un sinsentido; aunque, después de todo, estoy hablando con la mismísima Muerte. Me pongo a dar vueltas sobre la gastada alfombra, trazando un camino tras el escritorio. Lo que intento va más allá de los actos de un rey loco, más allá de cualquier pensamiento racional.

Se trata de la vida y de la muerte, y de caminar en la cuerda floja entre ambas.

Pero lo arriesgaría todo por hablar con mi madre una última vez.

—¿Qué necesitas que haga? —pregunto, decidido.

Mara recorre el suelo con la mirada.

—Acuéstate y deja que te mate.

Agradezco la franqueza, aunque resulte un poco amenazadora. Camino más allá de los sillones gastados y me detengo frente a la chimenea encendida. Al mirar de reojo a la Muerte, me sobresalta descubrir que está justo detrás de mí. Sigue igual de inexpresiva, pero tengo la sensación de que se le está empezando a agotar la paciencia.

Ese pensamiento me impulsa a acostarme de inmediato en el suelo y observarla mientras se cierne sobre mí. Cuando hablo, solo me sale un hilo de voz:

—¿Por qué me estás ayudando?

Se arrodilla a mi lado.

—Por curiosidad.

Quiero hacer más preguntas, pero las desecho en cuanto su mano toca mi pecho. Es un tacto frío, incluso a través de la túnica ensangrentada. No como el frescor de la lluvia o la frialdad de los muros de piedra en invierno, sino que es ausencia de calor, no tanto una sensación física, sino como percibir un vacío.

—Fuera del Mors no tengo tanto poder —dice, y reprimo un escalofrío—. Lo habitual es que permanezca en el territorio de la Muerte. Pero para hablar con ustedes, los vivos, he cruzado a este plano.

—¿Qué quieres decir? —pregunto, inquieto.

Me mira con esos ojos que parecen contemplarlo todo a la vez.

—Que, para despertarte, debo permanecer aquí. Eso significa que tendrás que explorar el Mors por tu cuenta.

—De acuerdo. —Trago saliva—. Siempre que esté vivo a la hora del baile.

Me da las últimas instrucciones.

—Cuando encuentres a quien buscas —dice, pronunciando las palabras con cuidado—, tócala para que sea capaz de verte.

Antes de que mis latidos se vuelvan erráticos ya empiezo a estar preocupado.

Me está parando el corazón. Literalmente.

Qué sensación tan extraña, notar cómo la vida se escapa.

Jadeo, pero la Muerte me presiona el pecho con más fuerza.

El mundo se vuelve borroso y se oscurece por los bordes.

El corazón me late cada vez más despacio.

Todo empieza a desvanecerse.

Siento que voy a la deriva…

Oscuridad.

CAPÍTULO 12

Mara

Esto es una irresponsabilidad.

(Pero es muy divertido.)

Mara se queda sentada junto al rey inmóvil.

Lo mató.

(Bueno, por ahora.)

El poder se tensa bajo la piel de la Muerte. El Mors es el pozo del que bebe; cuando está lejos de allí, empieza a secarse.

Pero una parte de ella, quizá el corazón que querría volver a latir, desea calmar al joven Azer.

Una irresponsabilidad, no cabe duda.

Mara pasa un dedo frío por los nudillos del rey. Luego, por la barba incipiente que cubre sus mejillas.

Es una sensación extraña. De hecho, es extraño tener una sensación.

La Muerte no toca a los vivos. Pero esta alma pende en un punto medio tan delicado…

Un sentimiento comienza a enconarse en su pecho. Algo aún más peligroso que ella misma.

La esperanza.

Mara ha experimentado este horror en persona. Es tan placentero que casi es doloroso. Un agua tan fría que quema. Un fuego tan violento que consume. Un amor tan grande que mata.

Así siente a Kitt Azer.

Como una catástrofe deseable.

CAPÍTULO 13

Kitt

Me despierto con un jadeo ahogado.

Tengo el cuerpo agarrotado. No me imaginaba que estar muerto fuera tan incómodo. Me siento como si hubiera caído a través del suelo del despacho y me hubiese estampado en un mundo inferior.

«¿Es esto lo que se siente cuando la Muerte te tira de la cuerda floja?».

Contemplo el cielo gris mientras respiro con dificultad. Una espesa niebla me envuelve y recorre mi silueta como un animal juguetón lo haría con su comida. La neblina, húmeda y cambiante, transmite una sensación de hambre que hace que se me dispare el corazón, parado hace apenas unos instantes.

El suelo en el que me encuentro está reseco y agrietado, y, cuando me apoyo en él para levantarme, se desmorona bajo las palmas de las manos. Solo llegan sonidos apagados a mis oídos. Aturdido, bajo la mirada hacia la pálida tierra y sigo con la vista la red de grietas que se abren en todas direcciones. Una de ellas, de varios centímetros de ancho, revela un vacío abismal bajo su borde.

Me lo merezco. La curiosidad irrefrenable fue siempre uno de los rasgos que mi padre más detestaba de mí. Quizá por eso ahora me permito disfrutarla.

Extiendo la mano hacia la grieta de este extraño mundo.

«¿Qué subyace bajo el Mors? ¿Otro territorio gobernado por alguna deidad impasible? O quizá…».

La tierra retumba bajo mis pies.

La grieta que atraviesa el suelo ceniciento se estira y se amplía, y yo me aparto de un salto. El terreno cede y resuena con un gruñido gutural que logra abrirse paso a través del zumbido de mis oídos.

La imposibilidad de lo que está ocurriendo me toma por sorpresa y me paraliza un instante. Resbalo y me deslizo hacia la tierra hambrienta que quiere devorarme por completo. Al ver ese vacío, esa nada que trata de alcanzarme, se me escapa de la garganta un grito ahogado. Clavo los dedos en la tierra que se desmorona y, desesperado, intento salir de la tumba que se abre bajo mis pies.

Parece que el Mors no ha recibido bien mi casi-muerte y se siente engañado.

Me libero de la tierra agrietada y me pongo en pie con dificultad. Atravieso la niebla a grandes zancadas, marcadas al ritmo de los latidos de mi corazón, y echo un vistazo por encima del hombro.

Detrás de mí, el suelo se hunde.

La destrucción me persigue, la siento en los talones. Grito, no sé si para llamar a la Muerte o a alguna otra deidad más benévola. Pero la tierra ansía devorar mi alma y, si me clava los dientes, puede que jamás regrese entre los vivos.

Me arden los pulmones.

La tierra se agrieta bajo mis pies, se hace pedazos a cada paso que doy…

Choco con algo denso, oculto tras una muralla de niebla.

Algo que cae al suelo con un golpe sordo al tiempo que yo hago lo mismo. Me duele todo el cuerpo, pero el pánico me impulsa a apartarme a gatas, con las manos hundidas en el musgo viscoso. Miro a mi alrededor, enloquecido, esperando que el suelo me devore.

Pero es sólido y firme.

Sacudo la cabeza, confuso, mientras contemplo el manto de niebla que envuelve esta tierra extraña.

«No lo entiendo. Se estaba desmoronando. Me perseguía».

—¿Ho… hola?

Una voz vacilante se abre paso entre el aire polvoriento. Alzo la mirada y veo a una mujer menuda que entrecierra los ojos, como si intentara ver entre la niebla. Del pelo, canoso y enmarañado, le cuelgan algunos mechones como si se los hubieran arrancado del cuero cabelludo. Las ropas andrajosas que le cubren el cuerpo están tan raídas que dejan al descubierto gran parte de su piel arrugada.

Carraspeo, indeciso.

—Aquí.

La mujer fija en mí unos ojos mucho más despiertos de lo que me esperaba. Al verme, sonríe con una alegría salvaje que muestra unas encías ennegrecidas y una dentadura llena de huecos.

—¿Puedes oírme? —susurra, asombrada.

Me levanto a toda prisa. Hay un hambre en su mirada que parece igualar al de la tierra famélica.

—Eh... Sí...

La mujer ríe a carcajadas, un sonido lleno de locura que me mueve a dar un paso atrás.

—¡Te veo! —Las palabras suenan como una melodía escalofriante. Extiende hacia mí unas manos como garras que se cierran en el aire mientras retrocedo para evitarlas—. ¡Eres mi vía de escape! ¡Dime cómo salir de aquí!

—No, no lo entiendes...

—¡Sácame de aquí! —grita, y luego insiste con una voz cada vez más fuerte y ensordecedora—: ¡Sácame de aquí! ¡Sácame de aquí! ¡Sácame de aquí!

Me giro con la intención de escapar de esta nueva y desconcertante calamidad.

Pero lo que veo, más allá de la cortina de niebla, me hace tambalear.

El Mors está repleto de cadáveres. Cientos, miles. Hasta donde alcanza la vista, las almas vagan sin rumbo fijo en todas direcciones. Mueven los labios, pero lo único que llega a mis oídos es un silencio sobrecogedor. Algunos parecen demacrados; otros, perdidos; la mayoría, histéricos. Se atraviesan unos a otros como fantasmas, sin verse ni oírse.

Es la soledad eterna.

Me quedo sin aliento, anonadado.

«Así que esto es lo que me espera después de la muerte».

Unos dedos huesudos me sujetan el bíceps y me sobresalto. La mujer enloquecida me clava las uñas quebradizas en la piel.

—¡Ayúdame! ¡Llévame contigo!

Me zafo de su débil agarre y echo a correr hacia la masa de cadáveres.

«No puedo ayudarla. No puedo».

Eso no impide que la frágil mujer me persiga con insistencia, creyendo que soy su salvación. Escapar de la anciana debería ser fácil, pero solo uno de nosotros tiene que preocuparse de evitar a las almas errantes.

Comprendo por fin que las instrucciones de Mara eran una velada advertencia.

«Ten cuidado con quién tocas».

Con ese pensamiento muy presente, me abro paso entre los cadáveres con los codos bien pegados al cuerpo. Frente a mí hay una marabunta de almas errantes. Detrás, una anciana escandalosa con una agilidad sorprendente para su edad.

Al acercarme más a los muertos, descubro que la mayoría se mueve con un propósito. Hay docenas de ellos metidos hasta las rodillas en la ciénaga que se extiende frente a nosotros; escarban en el lodo como si allí se ocultara algún tesoro. Otros rebuscan bajo cada piedra o trepan para subirse a los árboles escuálidos.

«¿Qué los lleva a recorrer el Mors? ¿El aburrimiento… o alguna creencia?».

Me desvío hacia un grupo de árboles raquíticos y apresuro el paso al oír los gritos y súplicas que resuenan a mis espaldas. Cada jadeo me recuerda lo mucho que he descuidado la forma física mientras Kai estaba por ahí persiguiendo a mi prometida.

«Kai».

Todo esto lo hago por él. Antes de empezar a construir juntos un gran legado, tenemos que asegurarnos de que ningún secreto pueda arrebatárnoslo.

Mis botas se hunden en el lodo negro y espeso. Estudio los rostros que me rodean. Aunque no conocí a mi madre, veo en la mente su rostro con claridad. Quizá me haya visitado en sueños, o puede ser una imagen creada a partir de los escasos retratos que mi padre me permitía ver de vez en cuando. Busco a mi alrededor la mata de cabello rubio, con la esperanza de descubrir entre la muchedumbre el azul de su mirada.

Me apoyo en el primer árbol reseco que encuentro para descansar. Siento como si llevara horas corriendo y buscando en vano a Iris Azer. El musgo que cuelga de una rama retorcida me hace cosquillas en la nuca. Aun así, recuesto la cabeza sobre el tronco nudoso, desanimado.

«Mara va a sacarme de aquí en cualquier momento y ni siquiera he encontrado…».

De repente, una figura aparece a mi lado.

Me veo obligado a retroceder para evitar que nuestros brazos se rocen y tenga que huir de otra alma suplicante. Alzo la vista poco a poco… y me encuentro cara a cara con una versión muy curtida, rencorosa y muerta de mí mismo que me devuelve la mirada.

No es el Azer que esperaba encontrar.

Mi padre contempla el árbol sin notar mi presencia. Tiene unas ojeras profundas, oscuras; el cabello rubio que ambos compartimos le ralea por arriba, o quizá es que nunca lo había visto sin la corona. Pasea la mirada perdida por las ramas. Es la imagen de un hombre que ha perdido lo único que lo mantenía cuerdo: el poder.

Sé que no debo. Pero esta vez lo que me impulsa no es la curiosidad insaciable.

Estiro el brazo y toco el hombro de mi padre.

«Quiero que, por una vez, me necesite».

En cuanto retiro los dedos de la camisa ensangrentada que vestía al morir, sus ojos verdes se posan en los míos.

—¿Kitt?

—Hola, padre. —Hago un esfuerzo para mantener la voz serena.

Me estudia con una mirada acerada, tan afilada como una espada. Como ha hecho toda la vida, mi padre busca debilidades que pueda explotar.

—¿Moriste? ¿Tan pronto? —Sacude la cabeza—. Sabía que eras demasiado débil para reinar.

Por una vez, me niego a que su ira me acobarde.

—No, padre. No estoy muerto, solo de visita.

Emite un bufido que me resulta familiar.

—¿De visita? ¿De qué diablos estás hablando?

—La Muerte, la mujer que te trajo aquí, me dejó venir para hablar con mi madre —le informo.

Y, entonces, cambia por completo de actitud. De pronto le resulto útil.

—Iris —murmura—. Sí, ayúdame a encontrar a Iris. —Apoya las manos temblorosas en el tronco del árbol, con la mirada cada vez más desencajada—. Aquí. Tiene que estar aquí. Oigo su voz… en el árbol.

Me le quedo mirando, boquiabierto. Mi padre siempre tuvo un ingenio afilado, cruel… Nada que ver con la mente confundida y arruinada que ahora tengo delante. No cabe duda de que la Muerte cambia a las personas.

—Ayúdame a sacar a tu madre. —Pese a la histeria, hay en su tono una autoridad familiar que lo acerca más a su antiguo yo—. Y luego nos podremos ir a casa. Tú nos llevarás a casa.

La mirada gélida que le dirijo al hombre que antaño me moría por complacer resulta a la vez incómoda y catártica.

—Dime que necesitas mi ayuda.

Ni siquiera se molesta en mirarme.

—Necesito tu ayuda, Kitt. Ahora sácanos de aquí.

Pensé que oír esas palabras significaría mucho para mí, incluso aunque las dijera con tanto desinterés. Pero la admiración que sentía por él ya no existe, y frente a mí solo hay un hombre. Un hombre mediocre.

—No te voy a llevar a casa —digo, sin molestarme en reprimir una sonrisa.

Me observa con el ceño fruncido, con una mirada que solía reservar en exclusiva para Kai.

—Harás lo que te ordene, muchacho.

—No, no lo haré. —Me acerco a él poco a poco—. Me esforcé mucho para impresionarte, para ganarme tu aprobación, porque creía que luchabas por algo grande, algo que le diera sentido al dolor que causabas a tus hijos. —La voz me tiembla de emoción—. Pero estabas demasiado obsesionado para pensar en la grandeza.

Mi padre suelta una risotada.

—Mírate en el espejo, hijo. Tu propia obsesión es lo que te ha traído hasta aquí —me provoca—. Querías verme.

—No…

—Todavía te consume el deseo de superarme, de ser mejor que yo. —Está muy cerca, como un cruel reflejo de aquello en lo que yo podría llegar a convertirme—. Pero fracasarás. Tu debilidad será tu perdición.

—¡Seré más fuerte de lo que tú hayas sido jamás! —bramo, al tiempo que le doy un empujón en el pecho—. Mi legado hará que el tuyo quede enterrado en los márgenes de la historia. Alcanzaré la grandeza que tú nunca tuviste.

—Nunca dejarás de ser lo que siempre has sido —escupe mi padre—. Una decepción.

De repente lo tengo agarrado por el cuello de la túnica manchada y alzo el otro puño para golpearlo. Pero mi padre parece encontrar muy divertida tal situación.

—Adelante, hijo —me incita—. Pégame. Te reto a que, por una vez, hagas algo que requiera un poco de firmeza.

Se me hace un nudo en la garganta. Vacilo.

Otra risa burlona.

—¡Una maldita vulgar me mató y tú no eres capaz ni de darme un puñetazo!

Aun así, no lo golpeo. Quiero verle la expresión cuando oiga mis siguientes palabras.

—Te vas a pudrir aquí sabiendo que no voy a seguir adelante con tu patético plan para Ilya. —Espero a que asimile bien las palabras para continuar—. No, voy a gobernar todos los demás reinos. Y me venerarán como a un dios por los poderes que les habré dado.

Sonrío al verlo palidecer.

—La… La plaga —tartamudea—. No te atreverás…

CAPÍTULO 14

Mara

El rey está vivo, por poco, pero vivo, cuando el enjambre de imperiales acude a recogerlo para el baile.

Encuentran a Kitt en el suelo del estudio, recuperándose, y llaman a un curandero para que lo atienda, aunque hace poco más que comprobar el estado del cuerpo del rey ante las protestas de este.

Todo esto a Mara le parece de lo más cómico. Estos supuestos médicos son inútiles cuando no pueden contar con su poder milagroso para la sanación. Bien pensado, tal vez no es cómico, sino el colmo del cinismo y la tristeza.

Kitt se impone a todos los rostros preocupados que lo rodean. Lanza una mirada rápida en dirección a Mara y echa a andar en dirección al salón de baile. La Muerte se lo toma como una invitación a acompañarlo, ¿y quién es ella para decirle que no al rey?

La comitiva se detiene ante las puertas imponentes del salón de baile, donde una criada le da a Kitt (a su majestad, dice ella, no como Mara, que llama por su nombre al rey) un saco negro para que se lo ponga sobre la camisa oscura (tan oscura que disimula la mancha de sangre que

—Me atreveré. —Pronuncio las palabras con claridad—. El orgullo te hizo débil. ¿Qué sentido tiene atesorar nuestro poder, cuando puedo reinar sobre cada nación que toque con él? Comparado conmigo y con mi legado, tú sí que serás una enorme decepción.

Descargo el puño contra su rostro.

Y entonces…

Oscuridad.

Mi corazón aletea y vuelve a la vida.

Y me despierto en el suelo del estudio con un jadeo ahogado.

llamó a la Muerte a su estudio). La corona de ramas entrelazadas vuelve a reposar sobre su cabello rubio, que centellea a la escasa luz. «Sin duda, es guapo», piensa Mara. Es un hecho, ¿y por qué no va a señalar ella una verdad evidente?

El rey hace un ademán para que los imperiales y el curandero paranoico retrocedan un poco. Sin saber por qué, Mara ocupa el espacio que queda junto a él. El rey clava la vista en las puertas cerradas.

—Estamos esperando a Paedyn —murmura entre dientes.

La Muerte tampoco lo mira, aunque solo el rey pueda verla a ella.

—Tu prometida.

Se queda en silencio unos instantes.

—No quiero ni pensar qué más habrás oído por el castillo.

—¿Majestad? —interviene el curandero—. ¿Dijo algo?

—No, Eli. —La voz de Kitt es inexpresiva pero amable—. Y no te me acerques mucho esta noche. Si mi hermano ve que no paras de seguirme, hará preguntas.

—Sí, majestad.

El silencio se impone de nuevo hasta que lo rompe un taconeo que se aproxima. No tarda en llegar Paedyn Gray, vestida de plata, que se sitúa al otro lado de Kitt.

—Estás preciosa —le dice él con voz firme.

Sin saber por qué, la Muerte se pone tensa.

—Gracias, Kitt. —Paedyn le sonríe, y eso tampoco le hace ninguna gracia a la Muerte—. Tú estás muy guapo.

El rey asiente y le ofrece el brazo a su prometida, que se lo acepta.

Las puertas se empiezan a abrir.

—Ah, el anillo ha vuelto al dedo debido —murmura Kitt.

—Claro.

La Muerte ya ha oído suficiente.

No le importa que estén prometidos, de verdad. Pero se aburre.

Mara sale a la galería y opta por bajar por la escalinata de la izquierda (es una decisión arbitraria). Luego, entra en el mar de sonidos y colores que se extiende hasta las ornamentadas paredes del salón de baile. Los cuerpos se mecen por doquier, centellean bajo la luz del sol poniente que entra a raudales por una docena de ventanas. Un brillo anaranjado caldea el cielo al otro lado, ominoso y bello a la vez. Es una descripción que a la Muerte le gusta mucho. De hecho, se acerca hacia una ventana para ver cómo el cielo se ilumina como un alma vibrante.

El rey está haciendo un brindis desde la galería, pero la Muerte está absorta y no se da cuenta. Pasa entre los seres enjoyados, contempla cada detalle lujoso. Pero, cuando la música vuelve a sonar con una melodía enérgica, Mara se apoya contra una columna para observar a la gente.

Todos beben, conversan, bailan, sus almas giran ante los ojos de la Muerte como manchas de tinta de colores. Un enjambre de mujeres jala al rey en todas direcciones, aunque al final es su prometida quien lo saca a la pista de baile.

Mara aparta la vista. Hay cosas más interesantes que mirar. Está segura de ello.

No tarda en descubrir que tiene razón (como de costumbre) cuando un atisbo de pelo lila capta su atención al otro lado del salón de baile. Pese a la distancia, la Muerte distingue a Blair y a Lenny, inmersos en su pelea constante. Pero es extraño, aunque no por el hecho de que se peleen, sino porque no se esperaba que dejaran salir a la tele esa noche.

Por lo visto, la futura esposa del rey tampoco se lo esperaba.

Paedyn se lanza contra la asesina de Adena con tanta vehemencia que resulta impresionante. La multitud asombrada se acerca a ellos y le bloquea la vista a la Muerte, le corta el acceso al entretenimiento que tanto necesita. Por suerte, parece que no se pierde demasiado. La futura reina no tarda en apartarse de la escena que ha provocado y se bebe de un trago una copa de champán.

La Muerte está empezando a pasarla bien. Se concentra en las almas a las que ha agarrado cariño. Lenny parece aliviado, a pesar de la cara de desprecio de su protegida. Luego, al parecer, el imperial invita a bailar a Blair. Mara está segura de que la oferta se encuentra con una mirada condescendiente a modo de respuesta, pero, al final, la extraña pareja sale a la pista de baile.

Parecía imposible, pero sus almas se están acercando más. Las hebras de verde y amarillo empiezan a entrelazarse, se clavan como espinas la una a la otra. Y la Muerte piensa que duele tanto cuando dos almas unidas se tienen que separar…

—Sigues aquí.

El rey se acerca a la columna donde se encuentra ella, con las manos en los bolsillos de los pantalones oscuros.

—Voy allá donde hay entretenimiento. Y esta noche es aquí —dice Mara.

Kitt clava la vista en el rostro de la Muerte con los ojos perdidos.

—¿Tu existencia es… aburrida?

Mara le devuelve la mirada. Seguramente solo quiere distraerse de los horrores que habrá presenciado en el Mors, y la Muerte, en un intento de rectificar su reputación de monstruo, le sigue la corriente.

—¿Por qué si no me iban a interesar las vidas de los humanos?

Al rey la frase le hace gracia. Suele encontrar algo divertido hasta en las afirmaciones más cortantes de la Muerte. Tal vez confunde su brusquedad con humor.

Ven bailar a las parejas en la pista.

Todos están cada vez más borrachos.

Zanahoria baila con la que le concedió el título.

Paedyn lo hace con un desconocido.

—Blair está aquí.

No es una pregunta de Mara, sino una afirmación, y de nuevo parece que el rey la encuentra cómica.

—¿Has estado viendo lo que pasa?

—Lo que dije: entretenimiento.

El rey sacude la cabeza.

—Estoy tratando de que ambas se toleren. Por mucho que le cueste, Paedyn tiene que acostumbrarse a la presencia de Blair.

—Ah. ¿Y tú no deberías bailar con tu prometida? —se apresura a preguntar Mara.

Kitt se encoge de hombros, tenso.

—No todos los días se presenta la ocasión de hablar con la Muerte, y la voy a aprovechar.

A Mara no le resulta ni remotamente halagador.

—¿Esto forma parte de tu plan para una Ilya más grande?

El rey asiente con un gesto brusco.

—Entiendo —dice la Muerte, y es verdad.

Este matrimonio no tiene nada que ver con el amor.

—Es extraño, pero espero volver a verte —susurra Kitt. Se aparta de la columna, una vez más inmerso en sus propios pensamientos—. Eres la única persona con la que puedo hablar de lo que es morir.

Mara lo observa mientras se disuelve en la multitud.

Y decide que volverán a verse.

Es un entretenimiento. Nada más.

No hay nostalgia, tampoco significado. No es un recuerdo.

Además, ella carece de un alma que se pueda unir a otra. Ni siquiera a una sombra de su pasado.

—¡Intentó atacarme delante de toda la corte! ¿Lo puedes creer?

Es la tercera vez que ve a Blair expresar su incredulidad.

—Pues la verdad es que sí —responde Lenny por tercera vez desde que salieron del salón de baile.

La Muerte oye que Blair tropieza con una pila de libros que hay detrás de ella. Está muy oscuro, tanto que los humanos van a ciegas. No todo el mundo está tan acostumbrado a las sombras.

Un susurro de Lenny interrumpe el gruñido de frustración de la tele.

—Baja la voz. Este es el último lugar donde deberías estar ahora mismo.

—Estoy hablando en voz baja —le espeta ella—. Todo suena más alto cuando se tiene tu oído, idiota. —Blair da tres pasos más—. Más vale que sea por aquí, zanahoria.

—Lo siento —murmura él, sarcástico—. ¿Prefieres guiarnos tú por esta biblioteca a oscuras con tu visión híper? Y algo más. —Se gira hacia Blair, que está a un metro a su derecha y lo mira como si quisiera matarlo—. Entre nosotros, he de decirte que tu color de pelo es mucho más raro que el mío.

La Muerte se detiene a pensarlo. De hecho, ha reflexionado muchas veces sobre los extraños colores de pelo que otorgó el poder puro. Pero esta plaga fue muy selectiva. Y la Muerte lo sabe bien. En Ilya, no todos estaban hechos para la fuerza. Y los humanos, los estúpidos humanos, nunca se preguntaron por qué.

Blair tropieza con más libros y resopla.

—No veo nada —dice con fingida dulzura—. Ni siquiera sé si te estoy mirando con odio a ti o al vacío.

—Gírate un poco más hacia la izquierda —la dirige Lenny—. Un poco más. Un poco… Ahí. Justo ahí.

—-Mira… —Chasquea la lengua, harta—. Tú guía y calla.

La Muerte se acomoda sobre una pila de libros para ver cómo Blair palpa a ciegas en la oscuridad. La expresión de su rostro es de pura irritación. A Mara le parece inspiradora.

Lenny sacude la cabeza, se acerca a ella y la toma de la mano.

Su rostro refleja una preocupación que Blair no puede ver. Mara se pregunta, como ha hecho varias veces antes, si es porque el contacto con ella no le repugna. Pero es una idea fugaz. La Muerte ya no es la romántica que era.

El imperial la conduce entre las altas estanterías. Gracias a su vista aguda, ve las intrincadas molduras de las esquinas. Mara los sigue. Atraviesan la inmensa biblioteca hasta que, por fin, un muro de libros les corta el paso.

—Estamos ante los registros de los élites —le dice Lenny a su furiosa protegida—. Y ahora pregunto: ¿qué demonios hacemos ante los registros de los élites?

—No estoy convencida de que estés utilizando todo tu poder —replica Blair—. Busca los registros de los híper.

Sí, la Muerte está encantada de haberlos seguido. Desde que el imperial percibió su presencia en aquel pasillo, Mara se ha estado preguntando cómo pudo hacerlo. Y ahora es su ocasión de averiguar la verdad.

Lenny pasa los dedos por los lomos desgastados.

—¿Que no estoy utilizando todo mi poder? —Suelta un resoplido—. Mira, ya sé que quieres hacerme más fuerte o lo que sea, pero te garantizo que sé utilizar mi habilidad.

La Muerte da unos golpecitos con el pie contra el suelo. A los élites les encanta fingir que comprenden el poder que se les concedió.

—¿Has entrenado tu poder cada día? —lo interroga Blair—. ¿Te has esforzado hasta el agotamiento? ¿Has buscado los límites?

El imperial saca un tomo delgado de la estantería.

—Pues no, pero…

—Entonces, no tienes ni idea de qué eres capaz de hacer —lo interrumpe ella—. El poder es como un músculo. Si quieres que sea fuerte, tienes que ejercitarlo.

—Y tú vas a ser mi entrenadora personal porque eres así de generosa —dice Lenny con escepticismo.

La tele lanza una mirada asesina hacia donde supone que está el rostro de Lenny (en realidad, hacia su barbilla).

—No tienes remedio. Me das pena.

El imperial se encoge de hombros y suspira.

—Me conformo con eso.

—Lee el libro, zanahoria.

Blair aparta la mano de la suya, como si acabara de recordar de repente que iban agarrados.

La Muerte aún no está segura de lo que ha visto en sus almas. Puede que no sean un caso tan perdido como pensó la primera vez que los vio. Pero no le gusta equivocarse, así que, en silencio, apuesta por su separación.

Lenny abre de mala gana el volumen de tapas de cuero desgastado. Las páginas amarillentas tratan de la habilidad de los híper. Tiene entre las manos cien años de registros.

—Ve al final —ordena Blair—. Debe de haber una sección sobre el desarrollo de la habilidad.

—¿Cómo lo sabes? —pregunta el imperial—. Creía que nadie consultaba estos registros.

—La sargento —responde Blair dejando escapar un bufido—. Me hizo leer el volumen de los tele cuando tenía ocho años.

—Vaya. —Lenny pasa los dedos por una página arrugada—. ¿Y tu padre? No hablas mucho de él.

—Porque no hay mucho que contar. —Hace una mueca burlona—. Comparado con mi madre, nadie diría que el general es él. —Se pellizca la palma de la mano sin darse cuenta de que el imperial puede ver el tic de ansiedad—. En su vida personal, él es quien recibe órdenes, no quien las da. Lo que pasa es que aguanta mejor que yo a mi madre.

—Ya. —Lenny asiente—. A veces es mejor estar con alguien que te vuelve loco que volverte loco de soledad.

Es sorprendente, pero la afirmación no recibe una respuesta condescendiente por parte de ella.

—Puede —dice Blair al final. Carraspea para aclararse la garganta—. ¿Y tu padre?

—No lo conocí —responde Lenny, distraído—. Y, por lo que me han dicho, tampoco lo habría extrañado.

Se oye el leve sonido de las páginas secas. La Muerte lee por encima del hombro del imperial. La mayor parte del libro está en blanco. Lenny va hasta la última anotación.

—Vaya. Hay una sola frase interesante sobre la habilidad de los híper.

—Léela —ordena Blair.

—A ver. —El imperial sacude la cabeza antes de recitar las palabras escritas—. En casos especiales, los híper que aprenden a abrir la mente pueden desarrollar un sexto sentido.

La Muerte ya tiene la respuesta que buscaba.

—Qué interesante —murmura Blair, que es exactamente lo que estaba pensando Mara.

—¿Interesante? —El imperial relee la vaga afirmación—. ¿Qué demonios quiere decir esto?

Si Lenny fuera capaz de acceder a ese sexto sentido, la Muerte se lo explicaría de buena gana.

—¿Y me lo preguntas a mí? —se burla la tele—. Abre la mente y averígualo tú mismo.

—¿Cómo abre uno la mente?

—Para empezar, ponte derecho —le espeta—. En mi vida he visto a nadie con peor postura. Y luego, lo evidente, no ahogues tu poder. Deja que fluya, y a ver qué pasa.

Lenny se le queda mirando.

—Una frase alentadora. Qué raro en ti.

—Te estoy alentando para que no seas patético —le aclara con cara de asco.

—Pues entérate, mi poder no ahogado oye que tienes acelerado el pulso.

Blair hace una mueca y levanta el dedo medio.

—Esto también lo he visto —comenta el imperial en tono alegre.

Sí, puede que la Muerte se sienta un poco culpable por haber deseado separarlos.

CAPÍTULO 15

Mara

Blair se despierta de un respingo, con la respiración entrecortada.

Esto sobresalta incluso a la Muerte, que está sentada junto a la ventana (es su lugar favorito, le gusta ver los colores del cielo; en contraste, el Mors es de una monotonía aplastante).

Lenny fija la vista al instante en la tele. La preocupación se refleja en su rostro pecoso.

—¿Estás bien? —pregunta mientras sacude la cabeza—. Me parece que tenías una pesadilla o algo…

Blair lo lanza hacia atrás con un empujón usando su poder.

—¿Cuánto tiempo llevas despierto? —le espeta.

—Eh… Un rato. —El imperial la observa desde la otra punta de la habitación; parece imposible, pero su expresión es aún más preocupada—. Estabas durmiendo y no te quería despertar…

—Pues tendrías que haberlo hecho. —Se sienta en la cama, airada—. No necesito que veles por mí —añade todavía cabreada.

Mara se levanta y pasea por la habitación. Piensa mejor de pie. Quizá sea por el ritmo que su mente extraña tanto, ese que el corazón ya no le puede proporcionar.

—¿Y qué tendría de malo? —pregunta Lenny, titubeante.

La Muerte ve que la tele traga saliva. Tal vez se esté tragando también el orgullo, a juzgar por su respuesta.

—Sueño con Adena —murmura Blair al final—. Muchas veces. Y no quiero testigos.

El imperial arquea una ceja.

—¿Testigos de qué?

—De mi debilidad —le espeta.

—De tu... —Lenny se echa a reír, y Blair frunce el ceño—. ¿De tu debilidad? ¿Te das cuenta de que estás hablando con un híper?

—Maté a una criminal, o eso pensaba, ¡y no hay noche en que no se me aparezca! —estalla la tele—. ¿Qué más muestra de debilidad quieres? ¿Cómo voy a llegar a ser general así?

Es el turno de la tele para reírse, aunque sin rastro de humor.

—Te estás menospreciando —la reprende Lenny, acercándose—. No te preocupes, eres aterradora.

—Quizá ese sea el problema —responde con amargura—. Puede que mi destino fuera ser como Adena. Por lo que me han contado, era apasionada, bondadosa, valiente. —Una extraña timidez tiñe su voz. Mara inclina la cabeza al escuchar el cambio de tono—. Tal vez habría podido ser como ella, una chica que soñaba, que vivía, que tenía un propósito. Una chica que tuvo a dos personas dispuestas a matar por ella.

—Si eso es lo que quieres, aún estás a tiempo de ser así —responde Lenny—. O también puedes seguir siendo como eres, una cabrona fría y aterradora. Y lo digo como cumplido, claro —se apresura a añadir—. Me imagino que te sientes engañada. Nunca te han dado la oportunidad de saber quién eras..., quién eres en realidad. Pero ahora puedes hacerlo. Al fin y al cabo, te estamos matando. No hay mejor momento para empezar de cero.

Las palabras son sinceras, de esas que Mara sabe que solo se pronuncian cuando la otra persona te importa. Blair parece reconfortada ante una respuesta tan perceptiva, lo que hace que la Muerte se pregunte, de mala gana, si no habrá un atisbo de esperanza al fin y al cabo para estas dos almas.

Lenny se sienta al borde de la cama. Para irritación de Mara, la tele se lo permite.

—Pero puedes seguir siendo agresiva, en serio. Hasta las flores más bonitas tienen espinas. —Se pone muy rojo al hablar—. No estoy diciendo que seas bonita... O sea, carajo, sí, eres bonita, pero...

—No hace falta que sigas haciendo el ridículo —bromea Blair—. Ya sé que soy bonita. Es la única cualidad que tengo y que le gusta a todo el mundo.

—Porque no dejas que vean las demás.

Blair fuerza un gesto inexpresivo.

—¿Y tú las ves?

El imperial se encoge de hombros.

—Veo que te convertiste en lo que tenías que ser. Para eso hace falta valor.

Se miran el uno al otro, demasiado tiempo.

—Quiero ver a Paedyn.

La repentina exigencia de Blair hace que el imperial se sobresalte.

—¿Qué? Aún no hemos dado forma al plan, Blair. Es un tema delicado…

—Fingir mi propia muerte no tiene nada de delicado —replica—. Estoy harta de esperar a que empiece mi nueva vida. Ve a buscarla y…

—No. —La Muerte no se imaginaba que Lenny fuera capaz de una negativa tan firme—. Lo tenemos que hacer bien, de lo contrario una de las dos podría morir de verdad. Aún no estamos preparados.

A la tele no le gusta la idea.

—Bien.

—Blair…

—Tengo hambre. —Le da un empujón con la mente para echarlo de la cama—. Ve a buscarme algo de comer, ¿o también necesitas tiempo para planear la ruta hasta la cocina?

Lenny se endereza junto a la cama.

—Esos aires de superioridad no te van a funcionar conmigo.

—La próxima vez me esforzaré más.

—No me cabe duda. —El imperial se pone la máscara blanca y se dirige a zancadas hacia la puerta—. Eres muy graciosa a mi costa. —Sale al pasillo—. ¿Viste? Un cumplido que no tiene nada que ver con tu físico.

Blair se apresura a disimular la sonrisa y lanza otra exigencia.

—Dile a Gail que les ponga un poco de coco rallado tostado a las magdalenas. Ya me dará las gracias luego.

—Me aseguraré de hacer la petición en un tono menos insultante.

La Muerte sale al pasillo con el imperial. Una vez sobre la alfombra mullida, se deja ir hacia otro plano diferente. Sus pies tocan ahora la tierra reseca de su hogar, que ronronea en señal de aprobación.

«Sí, el Mors es un lugar desolado», piensa la Muerte al contemplar los árboles quebradizos, las almas aullantes. Pero es su eternidad. Mejor no comparar sus lúgubres dominios con la vitalidad que los humanos tantas veces dan por sentada.

En eso piensa Mara mientras se ocupa de las almas que aguardan, como si fuera un día cualquiera en la otra vida. Recoge innumerables almas en todos los rincones donde existe vida más allá del Mors. Algunas están muy furiosas con la Muerte, más que de costumbre, porque hay que reconocer que llevan demasiado tiempo atrapadas en su cuerpo sin vida. Mara se imagina que debe de ser muy claustrofóbico estar encerrado en tu propia carne putrefacta.

Porque las almas permanecen prisioneras en el cuerpo hasta que llega Mara para liberarlas en el Mors. El tiempo que está pasando en Ilya por motivos educativos (o al menos eso se dice a sí misma) la tiene un poco distraída. Las almas se quedan en los cuerpos más rato del que a Mara le gustaría, porque, por lo general, se considera muy eficiente.

Tras arrastrar a un espíritu malhumorado a su decepcionante otra vida, la Muerte vuelve al plano donde los ocasos son algo habitual y en cada pecho palpita un corazón. Aparece ante la puerta de Blair, pero se encuentra con que la tele ya está de pie, afuera. Mara ladea la cabeza para valorar la escena.

Hay un hombre alto delante de la tele, con el pelo como una ola de medianoche que le cae sobre la frente. Es fuerte, con rasgos marcados que solo se suavizan con la promesa de los hoyuelos que le enmarcan la boca. Y ha clavado a Blair contra la pared con una mirada de ojos grises.

—Vuelve a meterte en tu cuarto. —Señala la puerta—. Por favor.

La Muerte lo conoce. Camina alrededor, observando su poderoso cuerpo. Sí, es el que ha entregado muchas almas a Mara, cuyo rostro severo ha visto sobre los cuerpos a los que ha privado de la vida. Hasta ella ha oído hablar de este élite.

Es el ejecutor de Ilya.

El hermano del rey moribundo.

El que trae la muerte, dicen de él.

Eso tendrá que decidirlo Mara.

Se detiene ante él y examina su alma. Un destello de sorpresa le ilumina los rasgos, aunque nadie lo ve; en su interior hay un torbellino negro con hebras de un blanco puro.

La Muerte parpadea ante algo tan insólito. No es lo que esperaba encontrar, desde luego.

—Vaya, si la mendiga te ha enseñado modales. ¿No es irónico?

Otra vez ese insulto cansino. Mara entiende al momento a quién se refiere la tele. Una mujer con tal talento para esquivar a la Muerte se merece más respeto por parte de los vivos.

La maldad de Blair es como un reflejo. Es casi como si estuviera diseñada para ser su enemiga, obligada a medirse en función de si el ejecutor la considera una rival o no. La tele dijo la verdad en aquella casa (la que se alzaba junto a los árboles retorcidos que desarraigaban el pasado): desprecia a los hermanos Azer, no lo puede evitar.

El ejecutor baja mucho la voz.

—No sigas, Blair.

Pero sigue, claro. Puede que ni ella sepa por qué.

—Bueno, ¿qué? ¿La vas a compartir con Kitt el resto de tu vida? ¿O volverás a las calles a buscarte a otra vulgar?

Blair ahoga un grito cuando el hombre la lanza contra la pared con el pensamiento. Eso hace que la Muerte se detenga delante de él y examine su rostro adusto. Empieza a darse cuenta de que no es un élite cualquiera. No, esta alma tiene una complejidad ajena a Ilya.

El ejecutor avanza hacia Blair, que ya descubrió que es inútil resistirse a su propio poder. La tranquilidad del hombre es aterradora; su amenaza, apenas un susurro.

—Vuelve a hablar así de ella y suplicarás que te encierren en tu habitación para estar a salvo de mí.

Mara le cree, porque el alma del ejecutor apela a algo que ella misma lleva dentro.

—Mierda. —La tele abre mucho los ojos y lo mira fijamente. Casi se echa a reír—. Estás enamorado de ella.

Hum. Otro descubrimiento interesante.

Blair queda libre de repente de la prisión de su propio poder. El ejecutor consigue disimular la conmoción que se refleja en su rostro, y la Muerte no necesita más pruebas: el corazón de Paedyn Gray pertenece a otro, al hermano de su prometido.

—Siempre supe que había algo entre ustedes, pero… —Esta vez, Blair no se ríe—. Estás enamorado de ella hasta los huesos.

El élite más poderoso, sometido a una vulgar.

Es irónico. Es romántico. Es fatal.

Mara ya ha vivido esta tragedia antes.

La tele da un paso adelante, sin prisa, mira al príncipe enamorado y sacude la cabeza.

—Estás bien jo…

—¡Príncipe Kai!

Blair pone los ojos en blanco al oír esa voz que conoce demasiado bien. El imperial ha doblado la esquina con dos platos de comida en las manos y una expresión de espanto bajo la máscara. Lanza a su protegida una mirada que lo traiciona. Luego, Lenny se aclara la garganta para dejar paso a las palabras que no puede contener.

—Hola, señor, me alegro de verte. Blair, cariño, eh… Tienes que estar dentro de la habitación, no fuera. ¿Se entiende bien?

—Lenny, tesorito —empieza la tele con voz dulce—, zanahoria mía que podría partir en dos con un pensamiento, y lo digo en el sentido literal. Kai me vio antes de que me diera tiempo a volver a la habitación para lanzarles cuchillos a los que pasan bajo mi ventana. —Voltea hacia el ejecutor—. Le encanta ese juego, aunque diga que no.

(Por fin la Muerte sabe el nombre del hombre que tantas veces la ha rondado.) La incomodidad de Lenny le resulta muy entretenida.

—Vaya sentido del humor. —Guía a la tele hacia el interior de la habitación—. Con esta uno nunca se aburre.

—Ay, por favor —le espeta—. No finjas que te caigo bien. Solo conseguirás que me esfuerce más para…

El imperial le cierra la puerta en las narices.

—… asegurarme de que no es así —termina Blair, furiosa, desde dentro.

Mara se queda en el pasillo, con la curiosidad despertada por «el que trae la Muerte»… O sea, a ella.

—Que Pae no la vea , ¿entendido? —ordena—. Si llega a ser ella la que se la encuentra en el pasillo, los dos sabemos lo que habría hecho.

«Eso era justo lo que quería Blair», les habría gritado la Muerte de buena gana. Pero no sirve de nada. Hace una vida entera, cuando aún era joven y su trabajo la entusiasmaba, Mara hablaba a los vivos. No para que la oyeran, claro, sino para no olvidarse de la voz de aquella chica dulce que sufrió una muerte violenta.

—Sí, señor. —Lenny asiente—. Pero no podemos tenerla encerrada siempre. No es justo.

La osadía del imperial en defensa de su protegida sorprende a Mara.

—Ya lo sé. —El ejecutor suspira—. Paedyn necesita un poco de tiempo. —Se da la vuelta y echa a andar por el pasillo, aunque se detiene a los pocos pasos—. Buena suerte con ella —le dice.

—No me hace falta suerte. No es tan mala como parece —murmura Lenny.

La puerta se abre de golpe y al otro lado aparece la mueca de superioridad en el rostro de Blair.

—Qué encanto, zanahoria.

—¡Maldición! —Lenny casi salta del susto—. ¿Tenías la oreja pegada a la puerta o qué?

—Como si no me oyeras la respiración.

—Sí, porque todo el rato estoy escuchando cómo tomas y sueltas aire.

La tele frunce el ceño.

—¿No? Entonces es que aún estás ahogando tu poder.

—No. —El gesto desafiante del imperial va acompañado por un dedo que agita ante el rostro de Blair—. Ni hablar. Nada de hacerte la enojada. Aquí el único que tiene derecho a estar enojado soy yo.

—Anda, vamos —lo provoca—. Échame la bronca, que tengo ganas de reírme.

Lenny entra en la habitación con el ceño fruncido.

—De acuerdo. No puedes volver a salir así. ¿Qué pasa si el rey me aleja de ti antes de que nos dé tiempo a llevar a cabo el plan?

Blair suelta una risita burlona y se acerca tanto al imperial que este traga saliva.

—¿Y en qué consiste ese plan? Ya va siendo hora de que te arrime el fuego al trasero, zanahoria. Si no, no saldré nunca de aquí.

El imperial no la escucha. No, está pensando en otro asunto.

—Fuego —murmura, y una sonrisa aniñada le ilumina el rostro pecoso—. Tengo una idea.

Mara se aparta de la conversación que tiene lugar en susurros para mirar pasillo abajo.

El ejecutor ha desaparecido, pero queda otro misterio.

La Muerte no se preocupa. Volverán a reunirse de nuevo.

CAPÍTULO 16
Kitt

Me siento al borde de la fuente y contemplo las ondas en el agua. Veo las monedas inmóviles en su tumba acuática; una versión anterior de mí mismo prometió repartirlas entre los habitantes de los barrios bajos.

Trato de no pensar en que Kai pueda sufrir el mismo destino. Insistió en acompañar a mi futura esposa en su viaje a Izram, y, dado que sus motivos de preocupación eran, en el fondo, muy sensatos, me vi obligado a dejarlo marchar en el Ajuste de Cuentas.

Alzo la vista para contemplar los amplios jardines que me rodean. Se ven apagados bajo el sol poniente, los pétalos despojados de sus vivos colores. Hace semanas que no paseo por los senderos circulares que los atraviesan. Ser rey no me deja mucho tiempo libre para disfrutar de esos placeres, al menos últimamente.

Me estremezco al notar un dolor agudo en el pecho. Cierro los puños y aprieto los ojos con fuerza.

—Estás peor ahora que después de morir.

Dejo escapar el aliento y luego miro a la Muerte a los ojos. Está a mi izquierda, apenas a un metro de distancia, con las manos metidas en los profundos bolsillos del manto. La capucha abierta oculta la mata de cabello castaño y proyecta una sombra sobre sus facciones serenas.

—La plaga no me está sentando muy bien —admito a mi pesar.

—Porque tú no eras su objetivo.

Ni siquiera tengo fuerzas ni para una risita sarcástica.

—¿Me molesto en pedirte que te expliques? ¿O es prerrogativa de la Muerte ser así de críptica?

—Pronto lo sabrás —me responde con calma—. Pero ya has averiguado más que la mayoría sobre lo que hay en el más allá.

—No lo tengo tan claro. —Suspiro y me levanto—. Hace ya varios días que… morí, y sigo sin saber bien qué ocurrió.

La Muerte aparta un instante la mirada.

—Vamos a dar un paseo y responderé a tus preguntas sobre el Mors.

La oferta de Mara y el titubeo que he percibido me dejan pensativo.

—Sí, por supuesto. —Avanzo hacia ella—. Me parece un buen trato.

El manto de Mara se arrastra por el camino de piedra, cubre los pétalos tirados por el suelo y ahoga el ruido de nuestros pasos. Dejamos que el silencio se interponga entre nosotros. Ceñirme por completo a mi papel de rey, como he hecho en los últimos tiempos, es una carga muy pesada; así que aprovecho para disfrutar de la sencillez del momento. Quién iba a imaginar que un paseo con la Muerte podría brindarme tanta paz.

—Llevaba ya varios días sin verte —digo por fin mientras rozo con los dedos las flores altas.

—¿Me has estado buscando? —responde Mara de inmediato.

—Bueno, tampoco es que verte me pareciera una buena señal. —Intento darle un poco de humor a mis palabras. Pero, si la Muerte sonríe alguna vez, desde luego no va a ser por ese comentario.

—Por supuesto —dice en voz baja—. Mi presencia nunca es bienvenida.

Lo dice sin el más mínimo rastro de dolor y, aun así, siento una punzada de remordimiento. No sé por qué quiero levantarle el ánimo a la Muerte… Ni siquiera estoy muy seguro de que tenga un ánimo que levantar.

—A decir verdad, puede que sí te haya estado buscando —digo, y tal vez no sea más que la verdad—. Como te dije en el baile, es muy agradable tener a alguien con quien poder hablar de… todo.

Por fin me mira, y en sus ojos castaños casi se adivina el rastro de una emoción.

—Sé lo que es la soledad. Por eso quería conocerte.

Asiento. Un cielo rosado se cierne sobre nosotros.

—¿Solo puedes hablar conmigo?

—Tengo una conexión con tu alma moribunda que me permite interactuar contigo en el plano físico sin que los demás me perciban. Es como un velo. —Mara saca la mano del bolsillo para levantar una flor marchita. Una visión extraña, tratándose de la Muerte—. Solo puedo entrar en este plano a través de la rendija que me abres tú. Pero, para los demás, sigo siendo una sombra.

—Entonces —nuestros hombros se rozan al recorrer la curva del sendero— ¿a dónde vas cuando no estás conmigo?

—Tengo otras almas de las que ocuparme. —Casi parece que se esté burlando de mí—. Los muertos esperan para viajar al más allá.

Me tapo la boca para toser sin hacer caso de la mirada inquisitiva de Mara. Me vigila más de cerca que los curanderos.

—El Mors me pareció… terriblemente solitario; no es un lugar al que uno desee llegar.

—No lo disfrutaste —apunta Mara.

La miro de soslayo.

—¿Por qué iba a hacerlo?

—Creía que te entendía mejor. —Me sostiene la mirada—. Hay una oscuridad en tu interior, e imaginé que se sentiría atraída por el Mors.

—No hay ninguna oscuridad dentro de mí. —Escupo las palabras con amargura, irritado. Luego parpadeo, sorprendido por mi reacción—. Disculpa —murmuro con toda sinceridad—. No sé por qué me lo tomé así.

—Hum. —La única respuesta que me ofrece es ese sonido quedo de fascinación.

Aparto la vista y respiro hondo.

«Y tanto que hum».

La luz del sol disminuye en el cielo mientras caminamos entre hileras de follaje enmarañado. La expresión de Mara es, como siempre, indescifrable, esquiva y, por ello, irritante. La Muerte es una completa incertidumbre… hasta el momento en que te arranca el alma.

Carraspeo.

—No llegué a ver a mi madre.

—Lo siento mucho.

Las palabras suenan sinceras. Qué concepto tan extraño viniendo de los labios de la Muerte.

—Es frustrante, sí. Pero mi muerte temporal no fue en vano. —Tuerzo para que nos dirijamos de vuelta hacia la enorme fuente—. Me encontré con mi padre.

—Eric Azer —evoca Mara—. Un alma enojada.

—Y más después de lo que le dije.

La expresión del rostro de mi padre, verlo palidecer, es un recuerdo que atesoro y que revivo de vez en cuando. Unas pocas semanas antes ni habría soñado con hablarle así. Lo era todo para mí y yo estaba decidido a ser algo para él.

Pero entonces era un muchacho. Ahora soy un rey.

La mirada de Mara me taladra desde la capucha abierta.

—¿Qué le dijiste?

—La verdad. —Toso para despejar la garganta—. Que voy a ser más grande que él. Que, si alguien fue demasiado débil para hacer lo que hacía falta, fue él y no yo. —Vuelvo a sentir la excitación de aquel momento—. Y que se pasará la eternidad dándole vueltas a eso, pensando en el hijo decepcionante que va a enterrar su legado.

—Así será, estoy segura —contesta sin dudar. A Mara no parece preocuparle mi obvio deseo de venganza—. Las almas como esa no suelen encontrar la paz.

Nos detenemos al llegar a la fuente.

—¿Encontrar la paz?

—Los que logran escapar del Mors son aquellos que aceptan que no hay salida. —La Muerte lo dice como si fuera la solución evidente de un acertijo—. Siguen adelante. Habitan el tejido mismo del Mors. Cada alma tiene que decidir cómo quiere pasar su tiempo en el más allá; pueden estar toda la eternidad buscando una salida o aceptar su destino y encontrar la paz.

La miro, incrédulo.

—Entonces ¿el más allá no es más que un gran juego mental?

—Ni es un lugar de llamas eternas ni tampoco el paraíso. —Hace un gesto que casi llega a ser un encogimiento de hombros—. Es lo que tú quieras sacar de él. Pero si hay un rasgo constante en la Muerte es la soledad.

Me pregunto si se refiere a sí misma, cuando de repente comprendo algo.

—Mi padre… —murmuro—. Estaba convencido de que Iris le susurraba desde dentro de un árbol.

—Es muy posible —responde Mara con una indiferencia que casi vuelve sensatas sus palabras—. Los árboles son muy charlatanes.

—Entonces ¿no hay forma de contactar con mi madre? —Aunque sea egoísta, estoy decepcionado—. ¿Porque encontró la paz?

—Su alma descansa. —Me llama la atención la tristeza de las palabras de Mara. Hasta ahora nunca había demostrado una emoción con tanta claridad—. Es lo mejor a lo que se puede aspirar.

—¿Es a lo que tú aspiras? —le pregunto, envalentonado.

—No se me permite sentir esperanza. No desde… antes. —Otra vez la tristeza—. Y ya casi ni recuerdo aquella vida.

Musito las mismas palabras que pronuncié cuando el sol aún iluminaba el cielo.

—¿Tiene sentido pedirte que me lo expliques?

Guarda silencio.

—¿Cuánto tiempo llevas siendo la Muerte?

El silencio se alarga, incómodo. Empiezo a pensar que he malgastado el aliento, otra vez, hasta que…

—Tanto como para haberme olvidado de cómo vivir —responde con la mirada perdida.

Esas palabras desatan un torrente de nuevas preguntas que contengo con dificultad.

«¿Quién es…, quién era… Mara?».

Cuanto más sé de ella, menos entiendo.

«Humana».

En cierta época fue alguien que vivía, que respiraba.

La Muerte es eterna. Mara no.

«¿Cómo acabó arrastrando almas al Mors?».

Contemplo mi reflejo en el estanque de agua cristalina de la fuente, y lo que veo allí es la confusión que habita en mi interior y que vuelve más profundas las arrugas de mi entrecejo. De lo único de lo que estoy seguro es del anhelo de vivir de la Muerte… y de mi propio destino inevitable.

Con un suspiro, levanto la vista hacia ese gran misterio que es Mara.

—Me estoy muriendo, ¿verdad? ¿Es un hecho objetivo e innegable que no voy a sobrevivir a la plaga?

Un atisbo de compasión asoma en sus facciones.

—Tu cuerpo no estaba preparado para manejar tal poder. No sé cuánto tiempo te queda…

—Entiendo.

Asiento una y otra vez, como si con ello fuera capaz de aceptar que mi búsqueda del poder ha tenido consecuencias.

—Te propongo un trato. —Suspiro—. Yo te recuerdo cómo es vivir si tú me enseñas a morir.

Al principio, Mara no responde.

—Hum —dice por fin, con voz casi inaudible.

Sacudo la cabeza.

—O lo aceptas, o no lo aceptas, Muerte. Ninguno de los dos tiene ya nada que perder.

—De acuerdo —dice, no muy convencida a juzgar por el tono—. Lo acepto.

Extiendo mi poder hacia el estanque. Desde que ascendí al trono y me recluí casi por completo en el estudio, no he necesitado mis habilidades de dual. De hecho, durante las últimas semanas apenas he ido más allá de encender alguna vela o regar una planta reseca. Ahora, cuando le ordeno al agua de la fuente que se eleve y me acaricie la mano, lo hace con vacilación. Siento el poder en las venas como algo lejano, casi olvidado.

Frunzo el ceño y me concentro como no lo hacía desde que era un niño.

«La plaga».

De repente, el agua se precipita hacia mí y arrastra hasta la superficie una moneda gastada. Esbozo una sonrisa de alivio al ver que el poder vuelve a responderme. Mara observa con atención la corriente de agua que me deposita un chelín en la mano. Lo sostengo entre ambas, todavía mojado.

—De acuerdo, vamos a tirar una moneda al aire para ver a quién le toca la primera lección. —La Muerte asiente una sola vez en señal de conformidad—. Cara, empiezas tú con lo de enseñarme a morir —explico—. Cruz, comenzamos con lo de vivir.

Lanzo la moneda al aire y la plata reluce bajo la luz mortecina.

Cuando la recojo en la palma, Mara se inclina para ver el resultado.

—Cruz. —Sonrío—. Es hora de que recuerdes cómo se vive.

Me concentro un instante y derramo un torrente de agua sobre la Muerte. Puede que no haya sido la mejor decisión.

Lo más aterrador es que ni siquiera se inmuta.

Bajo la capucha mojada asoman las mismas facciones inexpresivas de siempre. El manto está chorreando y le gotea el agua por la nariz.

—¿Qué… fue eso? —murmura.

Si no fuera por el levísimo atisbo de diversión que veo asomarse a su rostro, creo que habría muerto en ese mismo momento.

—Es tu primera lección sobre cómo vivir: las sorpresas.

—Hum.

Antes de que me dé tiempo a reaccionar, yo también estoy empapado.

La miro a través de las pestañas chorreantes, abro y cierro la boca, atónito. Para mi sorpresa, las comisuras de sus labios se curvan de forma casi imperceptible. Me siento honrado de ser el destinatario de esa expresión tan sutil.

—Sorpresa —dice con calma—. Yo también sé hacerlo.

Parpadeo, asombrado.

Luego me echo a reír. Por primera vez en semanas, me río a carcajadas.

—Brindo por vivir contigo, Mara. —Y levanto la moneda.

Ella, empapada, me clava la mirada.

—Y yo por acompañarte en la muerte, Kitt.

CAPÍTULO 17

Mara

La cama del rey es muy mullida.

La Muerte se sienta en el borde, claro; no se mete entre las sábanas con el adormilado Kitt. Le gustaría recordar lo que se siente cuando un brazo fuerte te atrae hacia otro cuerpo y un aliento cálido te roza el cuello, pero tal vez todos los Azer son iguales. Tal vez ya ha amado y odiado a este rey en una vida anterior. Tal vez no sea necesario hacerlo de nuevo.

(O tal vez en esta ocasión sería diferente.)

Mara observa la arruga en la frente del rey; la luz de la luna acaricia el pliegue que le marca la piel. El sueño la fascina a menudo porque es el arte de equilibrar la Vida y la Muerte (que no suelen disfrutar de su compañía mutua). La bienaventurada inmovilidad permite que el alma se esconda dentro de un estado de existencia pura. Y Mara envidia ese limbo, esa nada.

Kitt se despierta sobresaltado, se aparta las sábanas de la piel sudorosa. Los ojos verdes (los mismos que vagaron imprudentes en una vida anterior) buscan a la Muerte en la oscuridad, y se sobresalta de nuevo al verla. Es normal, cualquiera reaccionaría así si se la encontrara sentada en su cama. Mara tiene mala fama, no suele dejar almas vivas tras visitarlas en medio de la noche.

—¿M-Mara?

La voz del rey refleja sorpresa, pero no miedo. No tiene miedo de ella.

(Y eso a la Muerte le encanta.)

—Estabas teniendo una pesadilla —le dice, como si él no lo supiera—. Tu angustia me invocó.

(Es cierto a medias. La Muerte ya se había instalado junto a la cama antes de que la inquietud de Kitt la llamara, pero esto no importa.)

Kitt asiente, somnoliento.

—Lo siento.

—¿Lo sientes? —Mara ladea la cabeza. Es una costumbre que no murió con ella—. ¿Por qué?

—Debe de ser… —El rey busca la palabra en medio de su mente confusa; al final se encoge de hombros—. Debe de ser molesto. Eso de que te llamen todo el tiempo, pero no te vean. —Parpadea con los ojos entrecerrados—. Te obligan a percibirlo todo, y sin embargo no te dan nada.

Son unas palabras que resuenan con tanta sinceridad, con tanta inocencia ante la maldad, que la Muerte siente que su frío corazón querría latir de nuevo. Porque anhela recordar la simplicidad de asumir lo mejor en los demás, en todo. Pero ese es un lujo que solo se pueden permitir los vivos. La ingenuidad, bendición y maldición a la vez, fue precisamente lo que condujo a Mara a la Muerte hace ya tanto tiempo. Ahora Kitt ha hecho lo mismo.

Este hombre que Mara tiene delante es tan humano… Está sentado entre las sábanas revueltas a la espera de una respuesta dócil de un ser salvaje que no lo aparenta. La Muerte lo observa (siempre, pero ahora más que nunca) mientras él la mira como si hubiera un error, como si fuera algo más que un monstruo del Mors. Y a Mara le gusta que la vea así, como a una chica que merece la atención de un chico porque él elige dársela, no porque tema lo que ocurrirá si no lo hace.

—No le deseo esta otra vida ni a mi peor enemigo —responde por fin al rey.

Porque esta bondad, esta extraña comprensión, está haciendo crecer algo en el pecho de la Muerte. Ella ignora la sensación, claro, por el bien de Kitt.

Este asiente. Tiene los ojos fijos en el rostro de la Muerte.

(Y es lamentable, pero esto es algo de lo que disfruta.)

Se quedan sentados entre las sombras, satisfechos y cómodos en el silencio compartido. Porque Mara ya tiene edad para valorar la solidaridad tranquila. Hubo un tiempo, cuando era joven y estaba, bueno, viva, en que el silencio así le resultaba cínico. Ahora, en cambio, disfruta del simple hecho de existir junto a otro.

—¿Con qué estabas soñando? —pregunta por fin la Muerte.

El rey suspira e inmediatamente empieza a toser.

—Mis temores más profundos se hacían realidad.

—¿Qué temores?

No hay manera de esconderse de la Muerte. El rey lo sabe y por eso responde:

—Convertirme en un monstruo.

Mara medita sobre la afirmación.

—¿Tienes miedo de que tus planes para Ilya y los demás reinos hagan que otros te consideren un monstruo?

Hay un instante de silencio. Luego, los labios de Kitt dibujan un «sí» silencioso.

—Te preocupa lo que pensará de ti Kai —señala la Muerte sin tapujos, como siempre—. Entonces ¿por qué lo haces?

El rey inclina la cabeza con el pelo aún revuelto por el sueño.

—Quiero ser más grande que mi padre, sí. Pero, sobre todo..., quiero que nadie se sienta como me he sentido yo toda la vida. —Alza la vista, y en sus ojos brilla la determinación. Mira a Mara—. Si lo consigo, si todos somos élites, estaremos igualados. No habrá que luchar por estar a la altura de nadie. No se rechazará a un hijo ni tampoco se lo utilizará. Porque, mientras haya élites y vulgares, siempre habrá división. —Kitt tiene la respiración entrecortada—. Siempre habrá que tomar decisiones duras, difíciles. Y no permitiré que nadie más sea educado con la carga de una misión, un legado. —Se ríe, y la risa es temblorosa, cargada de emoción—. No. Me voy a encargar de eso. Esto se va a terminar.

La Muerte mira al monarca, tan decidido.

—Lo tienes muy pensado.

—Ya sé que la gente cree que estoy loco —reconoce Kitt—. Y los que no lo piensan ahora lo pensarán pronto. —Traga saliva con dificultad—. Pero, antes de ser rey, fui un niño que solo quería que lo amaran. Todo porque mi padre estaba obsesionado con el poder del que carecían los vulgares. Y mira cómo he acabado. Soy un desastre. —Otra risa temblorosa—. No hacen falta más seres como yo en este reino. No, quiero ser el comienzo de algo mejor. De algo importante.

Vuelve a hacerse un silencio acogedor.

La luz de la luna entra por la ventana, baña a la Muerte y a su víctima entregada. Los dos aguardan las siguientes palabras, expectantes, pero sin prisa. Es grato estar allí, juntos, entre dos instantes.

—No disfrutarás de ese mundo nuevo —le recuerda al final Mara, siempre pesimista.

—Pero Kai sí. —El rey se pasa una mano manchada de tinta por el rostro demacrado—. Por una vez, voy a hacer el trabajo sucio por él. Al final, el futuro será mucho más dulce que su pasado.

—Es admirable. —No significa demasiado viniendo de la Muerte, pero lo dice pese a todo.

Kitt la mira tan esperanzado que resulta sorprendente.

—¿No te parece que soy un monstruo?

—Me parece que no sabes lo que es un monstruo.

—Puede. —Se acerca más a la Muerte (en varios sentidos) y la examina—. Porque, por tu aspecto, tú no lo eres.

—¿Qué aspecto tengo?

—Aspecto de trampa. —Kitt sonríe. Es una sonrisa sincera, aniñada, muy de Azer—. Pero no, en serio.

La Muerte está expectante, pero la voz le sale firme.

—Sigue.

—Creo que eres un ser muy bello que tiene que hacer cosas feas. —De pronto, el rey se ha puesto muy serio—. No eres malvada, no. Eres obediente.

Si Mara tuviera sangre que le corriera por las venas, se habría puesto roja. Pero, como es de esperar, mantiene la voz átona.

—Entonces ¿qué opinas? ¿Soy un monstruo?

—Yo no te tengo miedo.

—No te pregunté eso.

Los ojos verdes miran a la Muerte con más dulzura de la que merece.

—No te pareces en nada a él. Así que no, no eres un monstruo.

Pero Kitt no se detiene ahí. Si se hubiera detenido, tal vez las cosas habrían sido diferentes. Pero darle esperanzas a la Muerte quiere decir que te matará con ellas.

—De hecho —añade muy despacio—, si me hubieras dicho que eras una diosa, te habría creído. No habría dudado en adorar a un ser tan divino.

CAPÍTULO 18

Mara

—¡En nombre de la plaga! Me juego lo que sea a que eres el peor híper de Ilya.

El imperial tiene los ojos tapados con un pañuelo y no puede ver la desaprobación que refleja el rostro de Blair, pero la Muerte, que está sentada encima de la cama, la capta a la perfección.

—Bueno, no soy más que un pobre mundano —se oye el susurro apagado de Lenny—. No sé qué pensabas que iba a pasar con este ejercicio…

—Esperaba —gruñe Blair— que al menos te esforzaras en usar tu poder. Ahora, abre al máximo los sentidos.

El imperial, sentado en el suelo de madera, cambia de postura, incómodo.

—Esto es una pérdida de tiempo.

—Seguro que cualquier momento que pase contigo se podría haber aprovechado mejor —se burla la tele sin piedad—. Ahora, huele.

Destapa un frasco.

—Describe los aromas —dice mientras Mara examina la notable colección de especias de Blair.

—Con el pañuelo atado sobre la cara es difícil oler —masculla Lenny.

Blair frunce el ceño.

—No huele a nada.

—Huele a ti.

La tele parpadea, sorprendida. La Muerte tiene la suerte de disfrutar un asiento en primera fila para ver a Blair tratar de mantener la compostura. Se yergue y se tira de la piel de la palma.

—Pues olfatea con más ganas —ordena por fin.

Lenny suspira, exasperado, sin ser consciente del efecto que ha tenido sobre la tele el hecho de que conozca su fragancia.

—Eh… —Aunque está a varios metros de distancia, puede distinguir cada matiz del tenue aroma que ha liberado Blair—. Especiado, con un toque dulce.

—Esfuérzate más.

—Está bien. Capto una nota cítrica —se arriesga el imperial—. Y luego algo terroso, como… —Fuerza el poder en busca de ese sutil trasfondo—. Como madera. Pino.

—No está mal. —Blair parece complacida—. Sería una vergüenza que no fueras capaz de identificar una especia que combina tan bien con las zanahorias.

Lenny frunce el ceño y se arranca la venda.

—¿Qué era?

Llevan un buen rato con este extraño entrenamiento y el sol ya se ha puesto (por eso Mara no está posada bajo la ventana), pero la Muerte no se pierde la expresión satisfecha de Blair al enseñar el frasco.

—Jengibre, por supuesto.

—Ja, ja, ja. —Sacude la cabeza, derrotado—. ¿Sabes una cosa? Si me llamaras por mi nombre también sería ofensivo. Estoy condenado a ser «Lenny», y mi mamá todavía tiene la osadía de decir que me quiere.

Mara ladea la cabeza al ver la sonrisa fría que se asoma a los labios de Blair.

—Seguro que, aun así, es agradable que te lo digan.

El imperial reflexiona al oír esas palabras. No todo el mundo recibe ese tipo de afecto. Y aquellos que sí, reflexiona la Muerte con amargura, tarde o temprano saldrán heridos.

—Sí, es agradable —concede Lenny en voz baja. Parece a punto de abrirse y hablar con sinceridad, pero Blair vuelve a imponer las formalidades.

—Esas son todas las especias que tengo a mano —le informa, señalando con un gesto un cofrecito que estaba oculto bajo el entarimado. Está cruzada de piernas y rodeada de frascos desperdigados—. Pero mañana puedes pedirle a Gail una docena más para que sigamos entrenando tu olfato. Es tu punto más débil, y eso ya es decir mucho.

Lenny, sin hacer caso a la pulla, señala con la barbilla la única especia que queda en la caja.

—¿Y qué tal esa?

La mirada de la tele se dirige al polvo café que hay en el cofre.

—No vamos a usar esa. Es nuez moscada.

Mara se acerca a escuchar, intrigada.

Lenny la imita con un esbozo de sonrisa.

—¿Qué pasa, no te gusta la nuez moscada?

—¿Por qué me iba a gustar? —estalla Blair—. La nuez moscada es asquerosa. No la soporto.

La Muerte tiene la extraña sensación de que Blair ya no está hablando de especias. De hecho, si se fijara con atención en el color de ojos de Lenny, Mara lo compararía con una pizca generosa de nuez moscada. Pero eso es solo su opinión, por supuesto. Quizá Blair esté pensando en algo totalmente distinto. (Aunque la Muerte no suele equivocarse en esos asuntos.)

—Bien, de acuerdo. —Lenny levanta las manos para dejarlas a la vista—. Sí, desde luego, la nuez moscada es lo peor.

El comentario parece aplacar la ira repentina de Blair, que suspira y comienza a recolocar de nuevo los frascos en sus lugares asignados dentro del cofrecito.

—Estás mejorando. Me alegro de ver que no eres un caso perdido.

El imperial resopla, poco convencido. Hace una semana que la futura reina zarpó rumbo a Izram (un reino que la Muerte suele frecuentar durante sus colectas de almas, aunque no necesita atravesar el Bajío para llegar allí), y, desde entonces, han pasado cada hora del día forzando hasta el límite el poder del imperial.

Mara contempla a Blair (igual que Lenny, muy a menudo y con gran intensidad) mientras esconde bajo el entarimado la prueba delatora de su pasión: la caja de especias. Y, cada día que pasa, la piel de la palma de su mano empeora.

El imperial carraspea.

—Entonces ¿por qué dices que me ayudas?

—No preguntes, no sea que me arrepienta —replica Blair—. Además, aunque me sorprenda, tengo que admitir que tu idea de añadirle fuego a mi muerte no es del todo estúpida.

(La Muerte espera con ansia ese desastre inminente.)

—Gracias por el… cumplido.

—No me des las gracias —interrumpe la tele—. No hago más que pagar una deuda.

—Cierto —acepta Lenny con sarcasmo—. Porque en tu corazón no hay ni un gramo de bondad, ¿verdad?

Blair le sostiene la mirada con absoluta seriedad.

—No sé qué hay en mi corazón. Probablemente esté vacío.

Mara sopesa esas palabras. A ella ya no le late el corazón, así que no se considera capacitada para sacar conclusiones. Y esto es curioso, dado que extraer conclusiones certeras es su pasatiempo favorito.

Tras ponderarlo unos instantes, el imperial se encoge de hombros con indiferencia.

—Así te queda más espacio para guardar aquello que amas.

Blair tiene que hacer un esfuerzo para no mirarlo boquiabierta. Algo que se parece mucho al asombro se asoma a sus facciones, pero la indiferencia ocupa su lugar de inmediato.

—Eso sí que es una estupidez.

En ese momento, la Muerte se retira para dejarlas disfrutar de su aburrimiento a solas. Sale al pasillo a grandes zancadas con una extraña sensación de excitación en la boca del estómago. Sí, Mara espera con ganas su lección vespertina de aprender a vivir. Por supuesto, esa anticipación que siente no tiene nada que ver con la perspectiva de pasar tiempo con el rey. Faltaría más.

Él la espera en la cocina, con un trapo al hombro. El pelo de Kitt es una maraña de mechones dorados y revueltos; las marcas de los dedos, de peinárselo una y otra vez, son un reflejo de su frustración. Sus ojos verdes se cruzan con los de Mara en cuanto atraviesa el umbral; al verla, la mirada se vuelve más cálida.

Es una reacción muy poco frecuente cuando alguien ve a la Muerte. De hecho, lo habitual es que ocurra justo lo contrario. Y, por eso, a Mara le cuesta mucho contener la sonrisa que amenaza por asomarse a sus rasgos inexpresivos.

—¿Lista para la lección sobre cómo vivir? —la interpela a modo de saludo.

La verdad es que Mara lleva toda la semana esperándola, desde la conversación en los jardines. Pero, como es comprensible, entre gobernar un reino y morirse poco a poco, el rey está muy ocupado, así que la Muerte ha sido generosa y le ha dado espacio. O, al menos, eso cree él. En realidad, lo ha observado de lejos desde el principio: las reuniones con los eruditos, las tonterías de los curanderos y, lo más interesante, las comidas con Paedyn Gray.

Pero nada de eso importa, se tranquiliza a sí misma. Es imposible.

Puede que resulte sorprendente, dado lo sensata y estoica que es Mara, pero en ocasiones tiene una cierta tendencia a volverse obsesiva.

No en este caso, claro.

Esto es solo por entretenimiento, ¿no?

—Estoy lista —responde Mara con total sinceridad. Entra en la cocina y se detiene a su lado—. ¿Qué vamos a aprender?

Kitt sonríe y saca una bolsa de harina de la alacena que hay en la pared. Tiene las manos manchadas de tinta.

—A crear… De la forma más sencilla, claro. Se me ocurrió que podríamos intentar cocinar algo.

No deja de ser irónico si se piensa en la tele que ha estado confinada en su cuarto hasta la partida de Paedyn, pero la Muerte no pone objeciones.

—¿Intentar?

—Si conseguimos hacer algo comestible —el rey sacude la cabeza—, lo consideraré un gran éxito.

Mara observa en silencio mientras Kitt reúne diversos ingredientes y los pone sobre la barra sin detenerse ni un segundo. La Muerte se fija en sus profundas ojeras y en la piel tirante sobre las mejillas. Sí, día tras día, su alma azulada se va apagando.

—¿Todavía te hacen tragar esas hierbas inútiles los curanderos? —le pregunta.

—Sí. —La mira de reojo—. Pero me gustaría pensar que no son del todo inútiles. Tal vez me ayudan un poco.

Siguiendo las indicaciones del rey, Mara echa harina en un cuenco.

—No. Los curanderos ya no saben sanar sin sus poderes.

—¿Cómo es que sabes tanto de Ilya? —se interesa Kitt, escéptico.

—¿Cómo es que sabes tan poco sobre tu propio reino?

No puede evitar la risa.

—Dices lo que piensas. Eso es de agradecer.

—La Muerte no tiene tiempo que perder.

—No, claro que no —contesta—. Me sigue pareciendo muy extraño que estés aquí, como un ente físico.

Mara permanece junto al rey mientras él casca un huevo y lo vierte en el cuenco para mezclarlo con los demás ingredientes. Lo cierto es que ella no está resultando de mucha ayuda.

—Seamos sinceros, Kitt —le dice; usar su nombre le resulta embriagador—. Lo que te sorprende más es que la Muerte sea una mujer.

—Al principio, sobre todo. —Mira a Mara con ojos cansados—. Pero solo porque tal brutalidad me la esperaría más de un hombre.

—No soy una asesina —corrige ella con sequedad.

El rey frunce el entrecejo.

—Pero eres… la Muerte.

—Soy la ausencia de vida —responde Mara, sin rodeos—. Igual que la oscuridad no es más que la ausencia de luz. Solo recojo las almas cuando la vida decide dejarlas ir.

Kitt deja de batir el contenido del cuenco y se le queda mirando.

—¿Quieres decir que es la vida la que mata?

—Es la vida la que entrega un alma, no la Muerte quien la arrebata. Aunque la que acaba teniendo mala reputación soy yo. —Mara dibuja con los dedos sobre la capa de harina de la barra—. Da igual. Los humanos necesitan culpar a alguien. No me importa ser la mala.

El rey niega con la cabeza.

—Lo siento. No es justo.

Vaya con este rey que, una vez más, entiende a la Muerte.

—No es justo —coincide ella, serena—. Pero se me da bien el castigo, si así lo deseo. —Un latido (de Kitt, claro) más tarde, la Muerte ya ha cambiado de tema—. A ver, ¿qué estamos intentando hacer?

—Ah, sí. —El rey se pasa los dedos por el pelo—. Se supone que te tengo que enseñar a vivir. Tendrás que esperar a que te toque el turno para hablarme de cómo morir. —Se obliga a sonreír. A Mara le gusta bastante la calidez que transmite, tan opuesta a ella en todos los sentidos—. La intención era hacer una bandeja del dulce favorito aquí en Ilya…

—Los bollos de miel —termina la Muerte—. Según tengo entendido.

Alza las cejas.

—¿Los has probado alguna vez?

—Yo no como.

La expresión del rey es un poema.

—Ay. Vaya. No he estado muy acertado, ¿no? —Se ríe entre dientes—. Últimamente no sé dónde tengo la cabeza…

—Pero puedo comer —lo interrumpe Mara. No quiere decepcionarlo. Ni tampoco pararse a pensar por qué, desde luego.

—Uf, menos mal. —Suspira, aliviado—. En ese caso, vas a necesitar un delantal. —Descuelga uno de un colgador cercano—. Te aconsejo que te quites el manto.

La Muerte, que nunca, en todos los años que lleva en el Mors, ha hecho algo así, se desabrocha el manto de gruesa lana y se lo quita de los hombros para dejar a la vista un ajustado conjunto de color negro. El rey se le acerca, agarra el gastado manto y lo deja en el colgador libre, y luego mira a Mara, que lo observa con atención. Le pasa la correa del delantal por la cabeza para ponerle la prenda manchada. Si Mara tuviera aliento, lo retendría cuando él le rodea la cintura con los brazos (que le rozan las caderas, pero Mara apenas se da cuenta de eso, por supuesto) para atarle el nudo a la espalda.

—Ya está —le murmura junto al oído—. Así no te mancharás toda de harina. Aunque no prometo nada.

La Muerte lo observa mientras él se acerca de nuevo a la encimera. Cuando por fin logra recobrar la compostura, lo sigue.

Kitt inclina el cuenco y lo sacude un poco para liberar la masa que hay dentro, y que cae sobre la barra; tiene una textura poco prometedora. El rey y su sombra de la Muerte se quedan mirando lo que han hecho.

—¿Ese es el aspecto que debería tener? —pregunta Mara, insegura.

Kitt contiene una risa.

—No tengo ni idea.

Intenta amasarla para que tenga un aspecto más apetitoso; pero está seca y llena de grumos, y parece salpicada de cáscaras de huevo. Al fin, el rey se rinde y contempla aquella obra fracasada.

—¿Sabes qué…? —Sacude la cabeza—. La vida es un lío, casi siempre complicada y caótica. Así que… —Vuelve a rodear la cintura de Mara para soltar el lazo de un solo tirón—. Olvídate del delantal. Ya has aprendido lo que necesitabas saber sobre la vida.

La Muerte se quita la fina prenda.

—No lo comprendo.

El rey, sonriente, mete una mano en la bolsa de harina. Luego desliza un dedo empolvado por la nariz de Mara.

—¿Qué sientes? —pregunta. Hacía días que no tenía una mirada tan brillante.

La Muerte, confundida, contempla al rey sonriente.

—Siento harina en la nariz.

El rey le toma la cara con las manos, que ahora están completamente blancas de harina.

—¿Y ahora?

Mara lo mira. Nadie puede tocar así a la Muerte, y, si pudieran, desde luego no se atreverían. Había olvidado la sensación de que alguien la sujetara. Y, en ese momento, Mara teme hasta dónde sería capaz de llegar para volver a sentirlo.

—Siento… una excitante falta de control —comprende.

La sonrisa del rey se hace más amplia.

Sus manos manchadas todavía sujetan el rostro de Mara.

Sí, la Muerte ha cometido un grave error al ir allí.

—Eso —dice él con la respiración entrecortada—. Eso es lo que se siente al estar vivo.

Mara lo recuerda. Recuerda esa sensación. Tiempo atrás, estuvo asociada con un fantasma.

Al oír unos pasos que se acercan, el rey se aparta. Otra sensación que la Muerte conoce demasiado bien.

—Blair, no…

El chirrido de las bisagras ahoga el susurro de advertencia. La tele entra en la cocina sin preocuparse de nada; las botas se hunden en un charco de luz.

—Oh —dice con indiferencia—. Eres tú.

Se lo dice a Kitt, por supuesto, aunque Mara está detrás de él, invisible y cubierta de harina.

Lenny se frena en seco detrás de la chica a la que vigila. Al ver al rey, traga saliva con dificultad.

—Majestad. Pido disculpas por esta intromisión.

Y pensar que la Muerte creía que la noche no se podía poner más interesante…

—Blair. —Kitt carraspea. Tiene que hacer un esfuerzo para no dirigir la vista a Mara—. Este es el último lugar donde esperaría encontrarte.

La mirada de ella recae sobre la desastrosa masa de la barra.

—Lo mismo digo.

El imperial carraspea a su vez.

—Majestad, se me ocurrió que, puesto que Paedyn se fue a competir en la segunda Prueba, Blair podría aprovechar para estirar un poco las piernas. No pretendíamos interrumpirte mientras… —mira a su vez lo que hay en la barra— cocinabas.

—Tranquilo, no pasa nada. —El rey se limpia las manos llenas de harina en la túnica—. Ya hemos… He terminado por esta noche.

Sin querer, su mirada se desvía hacia la Muerte. Ella asiente.

Sí, es muy agradable que la gente note tu presencia.

La mirada de Lenny recorre lo que, para él, es una habitación vacía.

—Eh… Gracias, majestad.

—Disfruta del tiempo libre, Blair —recomienda Kitt mientras se dirige a la puerta—. Pero, si Paedyn regresa, tendrás que volver a tu cuarto, al menos un poco más.

El imperial se queda un poco sorprendido al comprobar que el rey no confía en que su prometida vuelva. Mara no puede evitar preguntar si, tal vez, Kitt no tiene ninguna intención de que Paedyn regrese. No es una acusación sin sentido, dado el mortífero incidente que llevó a la Muerte junto a ella.

Estaba suspendida en el aire, sobre un mar rugiente. A estas alturas, Mara ya no se sorprende de las situaciones en las que se ve envuelta Paedyn Gray. Pero en aquella ocasión se había limitado a observarla desde lejos, a la espera de comprobar si se iban a requerir sus servicios. No fue así, por supuesto. El ejecutor la arrastró de nuevo al barco y ella esquivó otro encuentro cercano con la propia Muerte.

Sí, Mara iba a tener que preguntarle sobre ese tema.

—No hidrataste la harina —señala Blair con desdén poco disimulado—. Por eso la masa tiene tan mala pinta.

Lenny se sobresalta, pero el rey solo le lanza a Blair una mirada que deja entrever la tormentosa relación entre ambos.

—Lo tendré en cuenta para la próxima vez.

—Sí, mejor —le dice la tele, y lo observa alejarse.

Kitt sale de la cocina con paso rápido; la Muerte descuelga su manto, se lo echa sobre los hombros manchados de harina y lo sigue.

Todavía escuchan la ira de Blair, cada vez más distante, a través de las puertas que se cierran.

—Qué desperdicio de ingredientes. Voy a intentar salvarlos. Ahora escúchame con atención, zanahoria. Tú, más que nadie, deberías ser capaz de hacerlo. Necesito limón, agua tibia, canela en rama…

El rey sacude la cabeza mientras dobla una esquina.

—Ahora entiendo por qué los vigilas.

Mara mira el pasillo con expresión de añoranza.

—Quieres ir a verlos ahora, ¿verdad? —Suspira Kitt.

—Algo les está pasando a sus almas —dice la Muerte—. Creí que estaban condenados, pero ahora ya no estoy tan segura.

—¿Sus almas? —dice el rey con un gesto de incomprensión.

—Es algo que aprenderás cuando te enseñe cómo morir.

—Trato hecho. —Kitt sonríe con tristeza—. Y… gracias. Me resulta muy fácil ser yo mismo cuando estoy contigo.

Mara no le dice que probablemente esa sensación se deba a que su alma se está deslizando cada vez más hacia ella…, hacia la Muerte. Se siente bien en su presencia debido a esa conexión mórbida que los une, y nada más.

(Pero quizá, solo quizá, haya algo más.)

—Buenas noches —se despide este Azer con dulzura. Se parece a muchos de los que lo precedieron. Kitt se gira para marcharse, pero antes de hacerlo le lanza una mirada de soslayo—. Aquella noche, en el salón… Lo de no dormir lo decías en serio, ¿verdad?

—Mortalmente en serio —responde ella con tranquilidad—. Como siempre, me temo.

Él asiente con una sonrisa leve que despierta cierta calidez en el frío pecho de la Muerte.

—Sí, ya empiezo a darme cuenta. Ah, y… —Señala las facciones de Mara con un gesto vago—. Creo que tienes algo en la cara.

La sonrisa que se asoma a los rasgos de la Muerte puede que no haya sido del todo involuntaria.

—Menos mal que solo me ves tú.

—Sí. —Kitt se da media vuelta para irse—. Tengo la Muerte para mí solo.

No le falta razón.

Si no estuviera ya condenado a morir, esta nueva obsesión de la Muerte, sin duda, acabaría resultando fatal.

CAPÍTULO 19

Mara

La Muerte piensa a menudo en la fragilidad de la vida.

No en los humanos en sí, sino en el descuido con que los maneja un destino caprichoso. Un movimiento en falso, un error de criterio, y ellos, vivos aún, pierden pie para que los recoja la Muerte. Porque la vida no tolera nada que la haga parecer débil. Y por eso tan pocos parecen contar con su beneplácito.

Es lo que piensa Mara mientras observa al rey moribundo, que trata de estar a la altura de su poderoso hermano. Pelean en el círculo de arena, las espadas centellean bajo la luz tímida del amanecer. Las sonrisas y las carcajadas jadeantes dicen mucho del nexo profundo que los une.

Qué jóvenes son. La Muerte solo lleva un corto tiempo observándolos, pero ha llegado a esa conclusión. Su ocupación es de lo más injusta, y Mara no siente ningún placer al tener que separar a estas almas. Pero la vida ha renunciado a Kitt Azer, y ella debe cargar con la culpa de su muerte.

Por lo general, no le importa ser la mala, llevar sobre sus hombros la culpa de los actos impulsivos de la vida.

Pero con él no es así. No, por algún motivo espantoso, la Muerte quiere que Kitt la reciba con afecto.

El choque de los aceros le llama la atención una vez más, y encuentra a los Azer enzarzados, con las espadas cruzadas, muy cerca el uno del otro. El ejecutor tiene un momento para estudiar el rostro demacrado de su hermano.

—¿Estás… estás bien?

La Muerte inclina la cabeza ante una observación tan penetrante.

El rey aparta a su hermano de un empujón.

—¿Por qué lo preguntas?

Kitt sabe muy bien por qué lo dice su hermano. Tiene peor aspecto incluso que la Muerte. De hecho, muchos consideran que la Muerte es muy atractiva.

Kai sacude la cabeza.

—Noto algo diferente.

Es curioso este príncipe.

—No me siento del todo bien. —Kitt miente con naturalidad—. Ya se me pasará, no te preocupes. —No se le pasará—. ¿Llevas aquí toda la noche?

El hermano deja escapar una carcajada. Tiene la respiración entrecortada.

—No debería sorprenderte, a estas alturas.

Kitt está tan concentrado que no nota la presencia de la Muerte. O tal vez se haya acostumbrado a su mirada atenta. Es lo que ella prefiere pensar. La familiaridad tiene algo de íntimo.

—Pensé que estarías con Paedyn —dice el rey con un desinterés que se nota fingido.

Cruzan unos cuantos golpes más.

—No… —consigue decir Kai al final—. No la he visto desde que estuvimos en la bodega.

Ah, sí. La bodega.

Mara observó el extravagante banquete en honor a Paedyn tras su regreso de la segunda Prueba; paseó en torno a la mesa abarrotada de comida, entre las charlas de la corte. La celebración era una impostura, por supuesto. El rey ya le había dicho que la vulgar no era más que un peón en el gran plan que tenía para Ilya. Un plan con muchos problemas.

Pero la Muerte se la pasó bien. Escuchó los dilemas de Lenny acerca del número de tenedores que le habían puesto delante, mientras que Blair le respondía con condescendencia, en lugar de apoyarlo. Mara disfrutó de cómo los ojos de Kitt buscaban los suyos una y otra vez, o de la sonrisa que esbozaba cuando le susurraba al oído lo que había averiguado sobre la corte.

Un hombre llevaba los calcetines disparejos. Otro había repetido del mismo plato por cuarta vez. La mujer que estaba a su lado había comentado que, para ser una vulgar, Paedyn tenía el pelo muy bonito.

La Muerte y el alma que no tardaría en pertenecerle siguieron así hasta que el rey tuvo que levantarse para hacer un brindis. Luego lo hizo también su futura esposa, aunque el suyo no fue más que una amenaza velada contra Blair. La tensión se relajó cuando terminó la cena y el trío (junto con la Muerte) bajó a la bodega.

Allí, Mara vio cómo todos los problemas de Kitt parecían esfumarse cuando llamó Kaitty a su hermano. Paedyn y los dos hermanos a los que había enfrentado sin saberlo se pasaron casi toda la noche bebiendo vino, y eso cuando no se estaban riendo.

Pero la atención del rey estaba concentrada en Kai. Era incluso más evidente que la atracción del ejecutor hacia la mujer prometida. Ahora que el príncipe ha vuelto a Ilya, Kitt no pierde el tiempo. Le queda muy poco.

—Me sorprende —dice el rey, jadeante, en el círculo de tierra. Es la respuesta a la supuesta falta de contacto entre Kai y la futura reina, claro.

Kai detiene un golpe rápido.

—¿Por qué te sorprende?

—Ya sabes por qué.

—Ilústrame —lo desafía el ejecutor.

La Muerte se inclina ante el estante de las armas, expectante.

—¡Porque la quieres! —farfulla el rey de repente. Baja la espada, derrotado—. Puede que más que a nadie.

Desde que descubrió la pesadilla que lo acosa, a Mara se le da cada vez mejor reconocer el miedo en Kitt, pero el que percibe ahora es punzante y acosa al rey a plena luz del día. Y no es acerca de ella, de la Muerte, como le pasa a la mayoría, sino por la ausencia de amor de la única persona que lo conoce por completo.

Kai traga saliva.

—No digas tonterías, Kitty. Es tu prometida.

—Y yo soy tu hermano —replica el rey—. Siempre. Pase lo que pase.

El ejecutor asiente.

—Tú y yo. Siempre.

Es todo lo que Kitt Azer desea con fervor de esta vida que se le escapa.

La Muerte los ve entrenar hasta bien entrada la mañana. Kitt, peor con la espada, olvida esquivar algunos ataques ensayados del ejecutor, así que insisten hasta que cada movimiento es preciso. Mara se pregunta si lo hace de manera intencionada, si el rey se muestra torpe adrede para pasar más tiempo con su querido hermano.

Pasa un buen rato antes de que Kai tenga que dejar el entrenamiento para ir a ocuparse de sus deberes como ejecutor. El rey se fija en la Muerte por primera vez y sonríe, aún jadeante. Los dedos fríos del invierno le han alborotado el pelo y tiene la piel resbaladiza de sudor. En ese momento parece plenamente vivo, pese a los indicios evidentes de que la Vida lo está abandonando.

—¿Qué sabes de él? —pregunta Mara, y señala con un ademán al ejecutor que se aleja.

A Kitt le entra la risa, pero enseguida empieza a toser.

—¿De Kai? Es mi hermano.

—¿Hasta qué punto lo conoces?

—Es un portador, uno de los pocos élites que pueden utilizar los poderes de aquellos que lo rodean —explica el rey—. Tenemos… Teníamos el mismo padre. Y lo sé todo sobre él. —La sonrisa de Kitt se desvanece, y Mara lamenta haberle hecho la pregunta—. Lo sé todo sobre Kai y haría cualquier cosa por él. Estoy haciendo todo por él. Todo esto es por nosotros.

—Muy bien.

Últimamente, el rey se muestra cada vez más irritable, así que la Muerte deja de preguntar. Además, lo único que quería era saber que Kai tiene el poder de portador. Se están confirmando sus sospechas.

—¿Por qué lo quieres saber? —dice Kitt al final con un suspiro.

Mara está mirando cómo el ejecutor desaparece entre el enjambre de imperiales.

—Así que no nacieron del mismo vientre.

—Mi madre murió al darme a luz —admite el rey—. Así que sí. Reinas diferentes.

—Hum.

—¿Ahora te da por ponerte críptica, Mara?

Lo que motiva muchas veces a la Muerte es la esperanza de que diga su nombre.

—No lo decido yo —responde—. Está en mi naturaleza.

Mara se aleja del rey. Hace tiempo que descubrió que es mejor dejar a los hombres con ganas. Nota los ojos verdes clavados en su figura (porque la Muerte no ha traído la capa del Mors. No ha sido por Kitt, claro, pero es que hace mucho calor…). Fiel a su rutina, va a ver cómo están las otras dos almas por las que vela. Es una figura muy maternal.

Cuando la Muerte aparece junto a la puerta cerrada de la tele, se encuentra el suelo lleno de velas.

—Bueno —está diciendo Lenny—. Me vas a tener clavado a la pared porque soy un híper de nada. Cuando Pae no mire, me sueltas y…

—Y tropiezas con una vela, empieza el incendio y muero. —Blair pone los ojos en blanco—. Vamos, ya entendí.

El imperial inspecciona la habitación, cada una de las velas.

—Tengo que ir a la cocina a buscar aceite para echarlo por el suelo.

Mara camina por el mar de cera para ir a sentarse en la cama, fascinada. No se imaginaba que tuvieran un plan así.

Blair suspira, molesta. La Muerte comprende que no es la primera vez que lo repasan.

—La vulgar se quedará en las llamas…

—No va a estar metida en las llamas —la interrumpe Lenny—. Las tendrá… cerca. Y la sacaré de aquí antes de que sufra algún daño. Nadie va a resultar herido —añade, más para sí mismo que para ella.

—No le pasará nada —resopla Blair—. La muerte que fingimos es la mía. Desapareceré entre las llamas, directa por el pasadizo secreto.

No es el plan más elaborado de la historia, pero la verdad es que la Muerte se esperaba algo peor. El imperial asiente.

—Y yo te declararé muerta.

A Mara no le hace la menor gracia que la acusen en falso.

—¿Y mi cadáver?

Lenny responde encogiéndose de hombros.

—Diré que me hice cargo yo.

—Pero mi madre querrá saber más —replica la tele—. Le tendrás que decir que el cadáver estaba tan quemado que me enterraste en el cementerio para que no tuvieran que verme. Hay una zona reservada para la familia.

Para la sargento será un alivio que le ahorres la vergüenza del funeral.

—¿De qué va a estar avergonzada? —pregunta Lenny, desconcertado—. Habrá perdido a su hija. Bueno, no, pero es lo que creerá.

—A manos de una vulgar —señala—. La vergüenza la estará devorando. —La sonrisa de la tele es siniestra—. Por eso me gusta tanto este plan, entre otras cosas.

—Claro. —Lenny carraspea. En ese momento, inclina la cabeza a un lado—. Y ahora que la mencionamos…

Mara lo oye unos segundos después: el taconeo de unos zapatos que se acercan. Apenas le da tiempo a poner los ojos en blanco antes de que la puerta se abra.

—Esto es ridículo —declara la sargento al entrar. Se dirige a Blair con la confianza que estaría justificada solo si midiera el doble—. Ya llevas demasiado tiempo escondiéndote de la vulgar. Es hora de que vuelvas a tus estudios para que no nos avergüences a toda la familia cuando tu padre deje el puesto.

Blair no aparta la vista, sino que mira a los ojos directamente a su madre.

Lenny se limita a observar, inquieto.

Y la Muerte… Bueno, la Muerte disfruta del espectáculo.

—No, gracias, prefiero seguir aquí —se limita a responder la tele.

—No seas estúpida —le espeta su madre. Agarra a Blair de la muñeca y la jala hacia la puerta—. Y deja de pellizcarte la palma de la mano —ordena tras examinarla—. Qué manía tan fea…

Blair cierra la puerta de un portazo con la mente y se suelta del agarre de la sargento.

—¿Soy demasiado imperfecta para ti? —se mofa. Su madre se da la vuelta, muy despacio, para hacer frente al desdén de la tele—. Cuando tenía siete años, me vendaste los dedos un mes entero. A los diez, me pusiste guantes y me los ataste a las muñecas. Y todo porque no soportabas que nadie viera mis defectos.

—Basta ya. Mocosa desagradecida. Siempre supe que solo nos traerías humillación…

—No le hables así.

Mara se gira con brusquedad y arquea las cejas ante la osadía del imperial. En el rostro de Blair se refleja la misma sorpresa. La sargento se sobresalta al verlo, como si ni siquiera hubiera notado su presencia hasta entonces.

—¿Se puede saber por qué no?

—Porque el rey me ordenó proteger a Blair de cualquier amenaza —replica con un tono inusitadamente firme—. Y, ahora mismo, tú eres una amenaza.

La mujer parpadea, incrédula, y al final suelta una carcajada sin rastro de humor.

—Eres patético… No eres nadie, muchachito. No te metas en asuntos que no te conciernen.

Blair da un paso adelante e interpone su cuerpo a modo de escudo ante el imperial.

—Aquí la única que lo insulta soy yo —bufa.

—Sí —corrobora Lenny—. Solo ella.

—Vete de aquí, madre. —La puerta se abre ante la orden mental de la tele—. Ya te dije que me voy a quedar en la habitación.

La sargento observa a las dos almas, que ahora están más entrelazadas que nunca. La Muerte estudia el entramado de oro y verde, y la mujer resopla. Salta a la vista de dónde ha sacado Blair ese carácter.

—No lo puedo creer —masculla—. Él te importa.

La tele se pone rígida.

—Qué va.

Otra risita hiriente, esta vez seguida por el taconeo de los zapatos hacia la puerta.

—Sabes que no me puedes mentir, Blair. —Se detiene en la puerta—. Pues púdrete aquí dentro si quieres. Ya has humillado bastante a esta familia.

Y, sin más, se marcha, dejando tras de sí un silencio atronador.

Mara observa a la tele y al imperial. Sin darse cuenta, ha empezado a dar golpecitos con el pie en el suelo.

—Es un farol, ¿verdad? —murmura Lenny.

(Para Mara, el nombre del poder de esa élite no requiere aclaraciones.)

Blair vuelve a cerrar la puerta de golpe.

—Eso no significa nada.

—Y tanto que sí. —El imperial se ríe, incrédulo—. Significa que te importo, y que eso es verdad.

—La verdad, zanahoria —replica Blair con su habitual tono condescendiente—, es que te voy a partir en dos como no te calles.

—Se te aceleró el corazón, lo que me sugiere que estás mintiendo…

La tele le vuelve a tirar a la cara la pelota púrpura (Mara sigue sin saber de dónde la saca), con lo que lo hace callar.

La Muerte casi sonríe ante la extraña pareja. Puede que no todas las almas enredadas estén condenadas a fracasar, pero estas dos son diferentes. Hay conexiones que tienen la libertad de decidir qué quieren ser mutuamente. Y aspiran a la unión.

Y es lo mismo que le pasa a la Muerte y a cierta alma que da calor a su frío corazón.

CAPÍTULO 20
Kitt

A la luz de la luna, las briznas de hierba parecen afiladas.

La Muerte se sienta a mi lado en el césped que se extiende más allá de los jardines. Tenerla tan cerca me resulta reconfortante. No debería sentirme tan cómodo junto a la mujer que pronto me arrastrará hasta el Mors, pero su presencia me llena de paz, como si arrancara un suspiro de mi alma fatigada.

Los asquerosos brebajes que Eli me obliga a tragar cada día están siendo tan poco eficaces como predijo Mara; no me hacen nada en absoluto. Me duele la cabeza sin cesar y casi todo el mundo me resulta insoportable. En otras palabras, la plaga me está matando poco a poco, desde dentro.

Pero, con la Muerte, me siento mucho más vivo. En su presencia, todos los dolores se atenúan, hasta el punto de que casi olvido que pronto moriré.

—¿Sabes por qué te estás muriendo?

Un haz de luz de luna baña las facciones impasibles de Mara y hace que parezcan talladas en mármol. Al oír la pregunta, suspiro y le respondo lo que creo que quiere escuchar.

—¿Por mi ambición?

—Sí, desde luego. Pero no solo por eso. —Estira las piernas sobre la hierba suave y deja a la vista los pantalones ajustados que las envuelven. El manto que suele cubrirla ha desaparecido de forma misteriosa—. Hombres más ambiciosos han disfrutado de vidas largas y prósperas.

Levanto la vista hacia el cielo negro.

—Entonces ¿por qué me estoy muriendo, Mara?

—Porque ni tú ni los demás habitantes de este reino saben algo sobre el poder —afirma.

Frunzo los labios.

—Conozco mi poder.

—Sabes cómo usar lo que se te concedió. —La Muerte se echa hacia atrás y se apoya en las palmas de las manos. Es un gesto casual que le queda y, a la vez, no le queda—. Pero no comprendes ese poder.

—¿Y tú sí? —digo, tras ponderar esas palabras.

—En primera persona.

—¿Fue esa la razón de tu muerte? —le pregunto sin pararme a pensar en lo que digo—. ¿El poder?

En su mirada penetrante asoma el conocimiento profundo de quien ha tenido que descubrirlo todo por sí misma. No sé si me gusta esa mirada. Puede que la Muerte me conozca por completo, pero yo no me atrevería a apostar sobre lo que piensa ella en un momento dado.

Luego responde, con tal lentitud que se me acelera el corazón.

—Soy todo lo que fue y todo lo que pronto será. Pero, antes de eso, estuve enamorada.

Trago saliva, aliviado al descubrir que en algo tenía razón.

Mara no siempre fue la Muerte.

—¿No es el amor un poder en sí mismo? —murmuro.

—Para los afortunados sí. —Habla con un tono mesurado, como siempre—. Pero para la mayoría significa una muerte segura.

No puedo evitar mirarla, sorprendido. Bajo el cielo estrellado, su perfil es suave y a la vez impactante. Lo más terrible de ella es la forma de hablar, con aplomo y convicción. Cada vez que abre la boca, descubro que coincido con cada palabra que dice.

El amor también ha sido una muerte segura para mí. Todo lo que pasa, todo lo que soy, se debe a lo mucho que amé a un hombre que ni siquiera comprendía el significado de esa palabra.

Y ahora soy un monstruo, un rey, un poco ambas cosas. Ahora ya no confío en el amor, en lo que siente mi corazón. Por nadie, salvo por mi hermano.

Los grillos chirrían por todas partes y llenan el silencio con sus cantos. El aire de la noche se ha enfriado. Mara debería llevar el manto. Si fuera solo una chica, y yo nada más que un muchacho, quizá le habría ofrecido mi abrigo.

—A propósito… —carraspeo—. Prometiste hablarme de almas.

No tiene sentido seguir preguntándole cómo murió o, más bien, especular sobre su vida. Si quisiera contarme algo más, ya lo habría hecho. Y tampoco quiero poner a prueba la paciencia de la Muerte.

—Sí. —Parece ensimismada. Lo cierto es que siempre lo parece y, como consecuencia, yo siempre tengo la sensación de estar interrumpiéndola—. Puedo cambiar la perspectiva y enfocarla en el plano espiritual. Ver el alma de alguien me ayuda a comprender mejor qué clase de persona es.

Entrecruzo los tobillos e imito la posición aparentemente relajada de Mara. Al poner las manos en la hierba noto que está húmeda.

—Cuando dices que puedes ver las almas, ¿a qué te refieres en concreto?

—Es como una masa de energía —explica—. Cada ser humano es único. Los colores y las formas de esas almas, e incluso los movimientos, son diferentes.

Me da un ataque de tos. Hago un esfuerzo por obviar la sensación de que la Muerte me vigila muy de cerca, literalmente.

—Entonces —pregunto cuando por fin puedo volver a hablar— ¿qué aspecto tiene la mía?

—Es azul —responde con dulzura—. Apagada. Como un charco que refleja el cielo del anochecer.

—¿Y qué forma tiene?

—Es ovalada.

Frunzo un poco el ceño.

—No suena muy interesante.

—Y no lo es —afirma Mara con tranquilidad. Luego se encoge de hombros con cierta dificultad, como si se hubiera olvidado de cómo se hace ese gesto—. He visto montones de almas.

Ahogo una risa, y Mara esboza una sonrisa, casi como si me imitara.

—Me alegro de saber que no destaco en nada, gracias.

La Muerte me sostiene la mirada unos instantes más.

—Además, apenas se mueve —dice por fin—. Se está desvaneciendo.

Respiro hondo, pero no me recreo en ese pensamiento.

—Entonces ¿qué dice mi alma de mí?

—Lo habitual —explica con calma— es que, cuanto más oscura sea, más problemas tiene la persona; en el pasado, en la mente, en todo. Pero no siempre es así. En tu caso… —por primera vez, Mara duda; resulta extraño ver en ella un gesto tan humano— tu alma busca compañía. Dentro de ti hay una gran tristeza.

No tiene sentido negarlo, así que dejo que el silencio hable por sí mismo.

Siempre he sabido que dentro de mí habita esa oscuridad. La sentí por primera vez a los cuatro años, al descubrir que había matado a mi propia madre. Ese hecho podría haber desatado algo en mi interior de no ser porque se suponía que Kai era el hermano frío y calculador, y yo, el amable y cariñoso. Así que enterré esa semilla de tristeza en lo más profundo de mi ser. Y, cuando murió mi padre, arrancando de raíz esa parte de mí mismo, me sentí aún más trastornado de lo que recordaba.

—¿Kitt?

Volteo hacia Mara, sobresaltado. Oír a la Muerte susurrar tu nombre es una experiencia muy extraña.

—Perdona —murmuro—. Me había perdido en mis pensamientos.

—Sigue con ellos. —Agacha la cabeza—. Cuando termines todavía estaré aquí.

Casi rechazo la oferta por pura cortesía. Luego una sonrisa se me insinúa en los labios.

Nadie, ni vivo ni muerto, se ha ofrecido nunca a esperar mientras pienso. Así que cierro los ojos y me sumerjo de nuevo en mis reflexiones.

—¿Todavía necesitas tiempo para tus pensamientos? —le pregunto, dubitativo, después de unos minutos de paz y tranquilidad.

—Siempre los tengo presentes —responde Mara—. Pero puedo dejarlos de lado un rato.

Miro el cielo salpicado de estrellas.

—Si no te molesta que te lo pregunte, ¿en qué piensa la Muerte?

—En los vivos, sobre todo. —Levanta la mirada y la posa en la mía—. Pero esta noche me pregunto por qué te vas a casar con una mujer a la que odias.

—No odio a Paedyn —rebato—. De hecho, esta misma noche cené con ella. —Al decirlo recuerdo que se la veía distraída—. Y, antes de que todo se complicara, incluso éramos buenos amigos. Ahora ella se ha convertido en mi oferta de paz a los otros reinos para que abran las fronteras al comercio.

Mara no parece muy impresionada.

—¿Y así podrás infectar las ciudades con esa plaga de la que no sabes nada?

—Ya empecé a hacerlo —aclaro de inmediato.

Eso consigue atravesar su fachada impasible.

—Izram.

Asiento.

—Las rosas que Paedyn les dejó como regalo están rociadas de una dosis diluida de la plaga. Bastará con que una persona caiga enferma y…

—Las demás se contagiarán —termina la Muerte—. Como ocurrió aquí hace un siglo.

—Exacto. —Mis palabras rebosan confianza—. Y los reinos pronto me darán las gracias porque les habré regalado ese poder.

—Hum. —Mara no deja traslucir lo que piensa del asunto—. Pero eso no explica lo mucho que te desagrada Paedyn Gray.

Cierro los ojos para tratar de contener una ola de irritación.

—No es por ella, en realidad. Es Kai. Yo solo quiero a Kai, pero él la ama a ella. Él… —se me encoge el corazón y me cuesta respirar, aunque logro escupir las palabras con furia— no podría quererla más. Lo hago por nosotros. Yo… necesito que me escoja a mí.

—¡Majestad!

Me late la cabeza al ritmo de mi corazón desbocado. Giro la vista y veo a un imperial que corre hacia mí. Mara no deja de mirarme con esos ojos penetrantes y, diría, con una cascada de preguntas en la punta de la lengua.

—Majestad. —El imperial llega jadeante hasta nuestro pequeño rincón de césped. Me enderezo instintivamente y lanzo una mirada de reojo a la Muerte, que está a mi lado. Es extraño ser el único que puede verla.

El joven soldado se detiene sobre la hierba cubierta de rocío.

—Majestad, hay un incendio en el castillo.

CAPÍTULO 21

Mara

La Muerte no siente el calor abrasador en el que ha entrado.

Las llamas devoran los tablones del suelo sobre los que se ha sentado tantas veces, envuelven la ventana por la que tanto le gustaba mirar. La habitación proyecta un brillo de destrucción y el humo denso, negro, pende del aire. Pero todo parece tranquilo comparado con las figuras enzarzadas, rodeadas de fuego.

La futura reina tiene a la tele contra el suelo, debilitada.

Tras el muro de llamas, un imperial grita.

Algo salió mal con la muerte de Blair Archer.

Mara camina en torno a la escena que se desarrolla sobre el suelo ennegrecido. Las dos mujeres están dentro de un círculo de llamas. Paedyn tiene las rodillas clavadas en los brazos quemados de la tele y la obliga a gritar.

Por lo visto, la vulgar, que parece cualquier cosa menos vulgar con esa expresión cruel en el rostro, está girando el pálido rostro de Blair hacia el muro de llamas.

La Muerte no se esperaba tal brutalidad de la futura novia. Puede que no sobreviva a este ataque tan violento, pero Mara reconoce la expresión que le ve en el rostro, porque la venganza no cambia nunca, aunque las facciones que la reflejan sean diferentes. En ese momento, Paedyn solo conoce la venganza que arde dentro de ella.

—Por favor… —gime Blair.

Paedyn la empuja más hacia las llamas.

—Por favor…

El imperial sigue gritando. El fuego ruge.

Pero la Muerte solo tiene ojos para la chica que siempre la está esquivando.

—Te lo dije —dice la futura reina con voz ronca, sin apartar ni por un instante los ojos azules del terror que domina a la tele—. Te dije que te haría suplicar.

Un grito desgarrador corta el aire cuando un lado del rostro de Blair toca el fuego.

La esquina burbujea, un olor repulsivo lo invade todo.

Paedyn Gray ni siquiera parpadea.

Mara piensa que, en otras circunstancias, sería una Muerte estupenda.

Y entonces, con una tos rota, la humana se derrumba.

La Muerte completa la escena desoladora que está presenciando. Se acuclilla despacio junto a la tele, que lucha por tomar aliento, consciente solo gracias al dolor y la adrenalina. Tiene una larga marca de carne abrasada que le va de la sien a la barbilla. La piel está llena de ampollas que rezuman de tal manera que Mara hace una mueca.

Pero sigue sin saber qué decidir con esta alma que parece al borde del abismo.

Una conexión tangible se forma entre Blair y la Muerte, igual que durante la pelea en los barrios bajos. Ya se empieza a desvanecer, porque la tele no corre un peligro inminente, pero Mara se aferra a ese nexo resbaladizo que hay entre las dos.

En otros tiempos, habría dejado que el destino hiciera lo que quisiera con su alma, pero estos días la Muerte ha recordado lo que es vivir (puede que por el amor de alguien). Y lo que sucede es que Mara ya no quiere limitarse a mirar. Va a actuar donde no lo hicieron por ella.

—Debes levantarte —se limita a decir.

La mirada aterrada de Blair se clava en el rostro de la Muerte, que utiliza todo el poder que tiene (en este plano) para encontrar un asidero aquí, en este momento, con esta alma.

El rostro de la tele está lleno de lágrimas. No dice nada.

Lenny irrumpe entre el muro de llamas con un grito tras encontrar por fin una vía en medio del incendio.

—¡Debes levantarte, Blair! —dice mientras levanta en brazos a la vulgar inconsciente—. ¡Por favor!

Con una última súplica, sale del fuego para poner a salvo a la futura reina.

La Muerte se vuelve a concentrar en Blair, que solloza.

—Tiene razón. Puedes quedarte aquí y morir en este castillo... ahora o tras una larga vida de amargura... O te puedes levantar y vivir. Tú eliges, Blair Archer. Pero, si yo pudiera elegir de nuevo mi destino —dice con voz firme—, optaría por la vida, no por la muerte.

La tele mira a Mara con una mezcla de espanto y determinación. Luego, cierra los ojos y asiente. El movimiento hace que grite de dolor, pero lo domina y se incorpora, sentada. Las lágrimas surcan la piel herida, aunque consigue ponerse de pie, temblorosa.

Lenny ha vuelto, cruza una vez más entre las llamas.

—¿Estás bien? —grita. Rodea con un brazo a Blair, que casi se derrumba contra él—. ¡Ya te tengo!

La conexión de la Muerte con la tele parpadea, se desvanece y vuelve a dejarla sola. Pero continúa mirando, como siempre ha hecho, como seguramente hará siempre. La pareja cruza la habitación en llamas, apoyados el uno en el otro. Lenny protege a Blair como mejor puede, y no por orden del rey, sino por su propia voluntad.

Suenan gritos a lo lejos. El rey, al que Mara había dejado para aparecer en la habitación incendiada, le ha dado alcance por fin. Y viene con un buen puñado de guardias.

El imperial aparta de golpe la losa del fondo de la chimenea.

—Métete en el túnel —ordena, y ayuda a Blair a bajar por la escalera—. Yo me encargo de esto. Luego me reuniré contigo y decidiremos qué hacer.

La tele se niega a mirarlo. Aparta a un lado el rostro marcado.

El desfile de botas pesadas está cada vez más cerca.

Lenny tiende hacia ella una mano temblorosa. Acaricia con los dedos la zona sana de la barbilla, se la sostiene y le levanta la cara hasta que los ojos húmedos de Blair van al encuentro de los suyos.

—Lo siento. —Tiene la voz rota—. No debería haberte ocurrido esto.

Una lágrima recorre la mejilla quemada de la tele. La joven no es más que un recipiente vacío, carente por completo de emociones. Ni la Muerte es capaz de sentir una desolación así.

Una viga quemada se derrumba del techo y los baña con una lluvia de chispas. Lenny se da media vuelta para cubrirse el rostro de los restos que caen. Y, cuando se gira de nuevo hacia el alma que ya está unida a la suya, ha desaparecido.

El silencio entre la tele y el imperial resulta inquietante.

A la Muerte le parece que nunca habían estado tanto tiempo sin que una palabra rompiera esa quietud.

Los túneles son fríos y húmedos, incluso para Mara. El farolillo parpadeante que Lenny baja por la escalera de caracol pinta las paredes con sombras que bailan. Blair, muy rígida, camina junto a la Muerte (sin saberlo, claro), con los ojos siempre inundados de lágrimas.

El imperial carraspea para aclararse la garganta y destapa un frasquito de cristal.

—Siento no haber llegado antes —murmura—. Tuve que enterrar el falso cadáver y luego mantuve una conversación muy incómoda con el rey y su ejecutor, que estaba furioso. Pero tú la pasaste mucho peor, así que mejor me callo. —Suspira y, a continuación, vierte el líquido oscuro del frasquito sobre una camisa arrugada—. Tomé ungüento curativo de la enfermería. Lo echarán en falta porque no se consigue con facilidad, pero ya veré qué hago con eso.

Blair no dice nada.

Lenny, titubeante, le acerca el tejido a la cara.

—Eh… ¿Me permites?

La tele acerca el rostro y accede en silencio. La luz dorada acaricia las quemaduras rojas que le marcan una mejilla. Resulta extraño ver así, hinchada y deformada, la piel que antes era tan perfecta.

La Muerte conoce el dolor. Esto es dolor.

Lenny traga saliva ante la espantosa visión.

—El ungüento lo curará, pero le va a doler.

De nuevo, Blair guarda silencio. Hace una mueca cuando la pomada le toca la piel quemada.

—Lo siento. —El rostro desenmascarado del imperial muestra su angustia—. Esto no era lo previsto. No pensé que Paedyn fuera a…

—No —dice Blair con los dientes apretados.

Una lágrima le rueda por la mejilla y se mezcla con el ungüento.

—Claro —asiente Lenny, triste—. Me imagino que no quieres hablar de eso.

Mara, sentada, está cómoda en el denso silencio que se hace a continuación. Observa (con admiración, aunque no lo admitirá) cómo el ungüento penetra en la carne quemada para quemarla de dentro hacia fuera. Las ampollas se empiezan a reducir, la carne roja se vuelve más opaca.

Y la amargura invade a la Muerte ante un espectáculo tan milagroso. Porque, hace una vida entera, los curanderos no contaban con el lujo de estas pócimas tan potentes.

El imperial se aclara la garganta para anunciar que va a hablar.

—Siento decirlo, pero tenías razón. Tu madre se alegró de que te enterrara antes de que alguien te viera. —Respira hondo—. Lo que enterré fue un fardo de almohadas envueltas en mantas que saqué del dormitorio incendiado. Dije a los imperiales que iba a ocuparme del cadáver, y no pusieron objeción.

Al no recibir respuesta, Lenny esboza una sonrisa desganada.

—Así que… estás muerta. Felicidades.

—No —susurra Blair—. Estoy acabada.

—¿Acabada? —Al imperial solo le falta echarse a reír—. Blair, ¡pareces impresionante! Me das envidia.

Ahora que el ungüento ha calmado el dolor, la tele puede mostrar su irritación.

—Lo único que valía la pena de mí era mi aspecto —estalla—. Y ahora me quedarán marcas para toda la vida.

Lenny la observa, de verdad. Mara siente envidia de una mirada tan delicada. Hubo un tiempo en que supo lo que se sentía cuando te miran así. Ahora ya se le ha olvidado.

—Te traje algo más. —El imperial rompe por fin el silencio. Se mete la mano en uno de los muchos bolsillos del uniforme chamuscado y saca algo envuelto en una servilleta. Mara se inclina para ver cómo lo abre y le muestra dos dulces relucientes—. Tartaletas de limón —anuncia con orgullo—. Para celebrarlo. Seguro que no están tan buenas como las tuyas, pero al menos en las mías puse alegría y esas tonterías.

Sí, la Muerte recuerda con cariño aquella noche en la cocina. Hubo amenazas y lanzamiento de ingredientes diversos. Pero estos dulces no son fruto de esa velada (las tartaletas de limón que hicieron se consumieron a toda prisa, claro). Mara siente algo de vergüenza de no haberse enterado de la incursión del imperial en la cocina. Aunque ha estado un poco distraída, y es comprensible.

—¿Las… hiciste tú? —pregunta Blair, incrédula.

—Espectaculares, ¿eh? —El imperial sonríe de oreja a oreja.

—Ni por asomo —replica la tele—. La base está tan seca que deberían advertir del peligro de asfixia. Y, a ver si adivino, removiste el glaseado con el cazo, no con la cuchara.

—¿No sirven para lo mismo? —Los ojos de Lenny se clavan en ella antes de volver a examinar los dulces con preocupación—. ¿Para remover?

Es como volver a revivir aquella noche en la cocina. A Mara le llama la atención la facilidad con la que entran en esta dinámica de disputas. Pero también ve mejor que nadie que sus riñas constantes se han convertido en algo más. Es su lenguaje particular, la unión de sus almas.

—Está bien —acepta Lenny—. Pero no se trata de eso. —Agarra la servilleta y las migas le caen sobre el regazo—. Las hice yo y me gustan. No porque sean las más bonitas ni porque la base esté seca, lo que fue en todo momento mi intención. Sino porque son ácidas. Como tú.

—Yo soy amarga —se apresura Blair a corregirlo—. Acabarás por escupirme, como todo el mundo.

—Eres un sabor al que hay que acostumbrarse. —A la escasa luz, la mirada del imperial es implorante—. Y no eres solo una cara bonita…, aunque eso sigue intacto. Eres divertida, incluso cuando es a costa mía, y lista, a tu manera insultante. Pero, sobre todo… —Hace una pausa para tomar aire—. Sobre todo, eres fuerte. Y ahora tienes la oportunidad de ser quien quieras ser. —Lenny sostiene el rostro de la tele con las yemas de los dedos y lo gira hacia él—. Sé la chica de la cicatriz impresionante.

Las palabras son sinceras, pero la Muerte advierte que Lenny está aterrado. La extraña curiosidad que sentía por la tele se ha abierto camino hacia su corazón. Y Blair Archer, con su naturaleza arisca, no es la mejor destinataria para ningún tipo de afecto. Porque ella seguramente le ahogará la vida.

Pero, aun así, existe entre ellos una atracción mutua, pese a las espinas.

Sus almas están entrelazadas; puede ser un nexo de amistad, o tal vez algo más.

Blair respira hondo. Abre mucho los ojos castaños y mira al zanahoria (a la Muerte le gusta pensar que ahora se trata de un apodo cariñoso), quien la paraliza.

Pero sale del trance y toma en la servilleta una de las tartaletas quebradizas.

—Qué bien. Por si se te olvidó, me da igual lo que opines.

Lenny no disimula la sonrisa al ver que Blair vuelve a ser ella misma.

—Claro, claro.

—Exacto.

—Genial.

—Me alegro.

—Vaya. —El imperial frunce el ceño—. Tenía pensado decir «me alegro» yo, así que echaste a perder el estira y afloja…

Lo interrumpe una dramática verbalización del desdén de Blair.

—Me alegro de estar muerta, ahora podré librarme de ti.

—Ya. —A Lenny se le borra la sonrisa. A Mara le parece que se había olvidado de que la separación era parte del plan—. Y aún no me han echado del castillo, por suerte.

—Es cuestión de tiempo —lo tranquiliza Blair—. Como imperial, eres un desastre.

—Oye, eras tú la que querías que dejara que te mataran.

Esas palabras despiertan un recuerdo en Blair.

—Vi a alguien en la habitación. Era una mujer.

La Muerte da un respingo. Rara vez se le menciona de manera tan directa en una conversación. Es agradable sentirse incluida. Se da cuenta de que se está peinando con los dedos el pelo que nadie ve.

Lenny arquea una ceja.

—¿Qué?

—Me dijo que me levantara —recuerda Blair con el ceño fruncido—. No la había visto nunca. Estaba… allí, sin más. Ni idea. —Pone los ojos en blanco—. Seguro que me lo imaginé.

Mara habría querido oír más sobre su aparición como estrella invitada en el mundo de los vivos, pero tendrá que conformarse con esto. Deja a las almas allí, en ese túnel oscuro, conversando. Porque se da cuenta de que ahí ya no hay más que ver. Empezó a espiarlos con la esperanza de presenciar un desastre… y le fallaron.

Mara se equivocó.

No está acostumbrada a equivocarse. Ni a reconocerlo.

Pero, claro, la Muerte pensaba que todos los vínculos estaban condenados: los amantes, los amigos, los enemigos.

Ahora, hay un alma que la está haciendo cambiar de opinión.

Porque hay vínculos que son, sin más.

CAPÍTULO 22
Kitt

El olor a humo aún impregna el pasillo.

Me llevo la mano a la cara y, sin pensar, me limpio por enésima vez el polvo que cubre mi piel. La irritación se extiende por el pecho, justo al lado del dolor punzante que reside ahí de forma permanente. Los curanderos han insistido en disimular los síntomas, aunque a estas alturas las ojeras resultan imposibles de ocultar.

Y más si mi prometida mata por accidente a su archienemiga, que además resulta ser la hija del general. Me pasé gran parte del día arreglando el desastre que ha provocado Paedyn. Me sorprende, además, comprobar que la muerte de la arpía de Blair me ha entristecido más de lo que me esperaba.

«Eso no fue muy amable por mi parte. No sé. Me duele la cabeza».

Doblo la esquina y respiro hondo.

La fría respuesta de la madre de Blair al enterarse de su muerte fue descorazonadora. Al menos el general Archer tuvo la decencia de ausentarse para disimular las lágrimas. Por suerte, ambos parecen haberse sentido aliviados por la rápida decisión de Lenny de enterrar el cadáver quemado. El general, porque no se sentía capaz de ver a su hija en ese estado; y la madre, inexpresiva, porque no quería llorarla.

Por ese motivo he permitido que el imperial conserve su puesto. Por ahora.

El martilleo incesante regresa de repente y me obliga a detenerme en medio del pasillo y llevarme la mano al pecho. Me apoyo en la pared, doblado por un ataque de tos. Me duele todo el cuerpo; es un dolor tan cegador que no logro imaginar que la Muerte pueda hacerme sentir peor.

—No has dormido.

«La he invocado».

Me enderezo. Respiro con dificultad.

—No desde que me dejaste en aquel campo.

Ladea la cabeza y me mira como si fuera un espécimen digno de estudio.

—Te has vuelto más irritable. La plaga te está pasando factura.

—Por ahora no tengo tiempo para morir. —Me tapo la boca con el puño para toser y hago caso omiso de la mirada de preocupación de un sirviente que pasa por allí. Me dejo llevar por las conversaciones con la Muerte, pero parece que los demás creen que me he vuelto loco—. He de hablar con mi hermano. —Suspiro y continúo pasillo abajo. Mara me sigue—. Probablemente esté con mi prometida.

Y es más probable aún que solo uno de ellos sobreviva al día de mañana.

Intento no pensar en ello. Únicamente hago lo que hay que hacer, lo que exige la grandeza.

«No soy un monstruo».

Tras las hileras de ventanas, el sol se escabulle con timidez hacia el horizonte y deja tras él, sobre mi lengua, una noche de condolencias interminables y de brebajes repugnantes. Cada paso que doy resulta más difícil que el anterior. Mi propio cuerpo me traiciona; y la Muerte es testigo de mi final.

—¿Se lo vas a decir? —pregunta Mara.

La miro de soslayo.

—¿Si le voy a decir a Kai qué?

—Que te estás muriendo.

Aparto la mirada. El corazón me palpita ahora con más fuerza que la cabeza.

—Merece saberlo —añade con firmeza.

—Todavía no —respondo, tal vez demasiado rápido—. No estoy… No estoy listo.

Mara no dice nada más durante nuestro corto recorrido…, y tampoco le hace falta. Lo que dijo antes ya es suficiente. Cuando me detengo por fin frente a la puerta de la habitación de mi querido hermano, comprendo que nunca he temido a la Muerte, sino a la posibilidad inminente de que la vida me lo arrebate.

—¿Vas a entrar? —pregunta Mara clavándome una mirada intensa y penetrante.

Bajo la vista y veo que tengo la mano a unos centímetros del pomo de la puerta. Asiento, algo confuso, y giro el picaporte.

Kai está de pie, junto a un maltrecho poste de cama, y empuña una espada. Es reconfortante saber que algunas cosas nunca cambian.

—Ah, menos mal —digo al verlo—. Estás despierto.

Aunque la habitación me resulta familiar, entro con cierta vacilación. Cuando éramos niños y una tormenta azotaba las ventanas, nos sentábamos junto a la cama y nos comíamos los dulces que hubiéramos logrado robar en la cocina. Ahora esos recuerdos parecen tan frágiles…

Kai alza la espada que blande en la mano.

—Soltando presión.

La Muerte entra en la habitación y examina con atención el poste de la cama astillado. Luego fija la mirada en el guardarropa que hay detrás de los hermanos.

—Ya. —Mi mente divaga. Últimamente cada vez lo hace más a menudo, y sin previo aviso.

«¿Y si me odia por todo esto? ¿Y si fracaso y todo lo que he hecho ha sido en vano? ¿Y si la escoge a ella?».

Las palabras se me escapan de los labios entumecidos.

—Nada, solo quería decirte que la tercera Prueba tendrá lugar mañana.

La mirada de sorpresa que me dirige… no es nada sorprendente.

Me duele la cabeza.

—¿Mañana? —pregunta—. ¿No lo anunciarás a la corte?

Me paso la mano por la nuca. Mi padre solía hacer el mismo gesto. Pero no quiero ser como él. ¿O ya lo soy?

— Tiene que ser… inesperado —logro decir—. Al menos para Paedyn. Y será en la Arena.

—Ya.

Kai me observa con atención.

Y también la Muerte, parada a mi lado.

Las expresiones de ambos son muy similares, como una mirada de lástima dirigida hacia algo frágil y patético.

No soy frágil, pese a lo que dijera mi padre.

«Seré todo lo que él no pudo llegar a ser…».

—Kitt, ¿estás bien?

—¿Eh? —Trato de dirigir la mirada a Kai, pero se me va hacia Mara, que ahora mismo está detrás de él y ha empezado a dar vueltas a su alrededor.

—Díselo, Kitt —dice con tono serio.

—No es el momento… —le respondo con un murmullo—, no es el momento adecuado…

Kai lanza una mirada por encima del hombro y luego da un paso titubeante hacia mí.

—¿Qué? ¿Te pasa algo, Kitt?

El tono de preocupación me empuja a imponer el orden en mis confusos pensamientos. El estruendo constante que me resuena en la cabeza se calma de repente. Parpadeo, e incluso sonrío.

—Sí, sí, no te preocupes. Es que necesito dormir más. Solo que… —Luego me acuerdo de esa Prueba final y me invade de nuevo la preocupación—. No, confía en mí, lo tengo todo controlado.

Mi hermano asiente sin la menor señal de duda.

—Claro. Te confiaría mi vida.

Una elección de palabras bastante irónica si consideramos los eventos previstos para mañana.

No logro aguantarme la tos, así que la remato con una gran sonrisa.

—Eso nunca lo he dudado.

Mara me sigue hacia la puerta. Mis pensamientos empiezan a divagar otra vez; pero, con todo, hay algo que tengo claro.

—Tú y yo, hermano.

—Tú y yo.

Salgo al pasillo con la Muerte pegada a los talones. Si se preocupara por mostrar alguna expresión, supongo que sería esa misma inquietud que asoma a todos los ojos que se posan sobre mí; así que su inexpresividad es un alivio.

—No he tenido oportunidad de enseñarte a morir —dice tan solo mientras recorremos el pasillo en penumbra—. Nos interrumpieron.

—Cierto… —Cada vez me cuesta más concentrarme—. No lo has hecho.

Mara se detiene de repente y yo hago lo mismo.

—Quizá, cuando estés más preparado, seas capaz de decírselo a tu hermano —aventura.

«Improbable».

—De acuerdo —intento tranquilizarla—. Enséñame a morir.

Una emoción fugaz e indescifrable le suaviza los rasgos.

—Lo haré.

Extiende una mano pequeña, de palma suave.

La modestia de la Muerte es aterradora.

Con cierta aprensión, pongo una mano mucho más grande sobre la suya.

—Puede que esto te resulte un poco incómodo —dice con voz ausente—. Como si se te revolviera el estómago.

—¿Qué…?

Pero, antes de que me dé tiempo a protestar, ya está ocurriendo, y es justo como lo ha descrito. El suelo se me hunde bajo los pies y el estómago me da un vuelco. Siento como si me jalaran en dos direcciones, o quizá dos dimensiones, hasta que de pronto mis pies chocan con un suelo firme.

Un aire fresco me acaricia las mejillas; la mirada solo encuentra oscuridad.

—¿Qué…? —Trago saliva. Estoy mareado… Al menos, más de lo normal—. ¿Qué diablos fue eso?

—He pensado que no querrías ir caminando hasta Saqueo.

Mara se adentra con calma en la penumbra a la que mis ojos empiezan a acostumbrarse. Estoy a las afueras de una callejuela de un barrio marginal. Parpadeo, incrédulo.

—¿Cómo llegamos hasta aquí?

La Muerte se gira en medio de la calle vacía para mirarme.

—Cruzamos entre dos puntos distintos de este plano. —Lo dice con la misma tranquilidad con la que alguien mencionaría el tiempo que hace—. Concentré el escaso poder que poseo en este reino y te traje conmigo.

Levanto la vista hacia el cielo nocturno, que ocupa el lugar donde unos instantes antes había un techo. Luego la bajo otra vez hacia la encarnación de la Muerte, que espera de pie, perfectamente cómoda, bajo un charco de luz de luna.

—Una vez, en los jardines, mencionaste que poseías este poder. —Me detengo frente a ella. Es curioso que cuando mejor me siento es cuando estamos solos—. ¿De qué eres capaz, Mara?

Tuerce las comisuras de los labios, un gesto que me sorprende.

—De todo.

Alzo las cejas.

—¿Todo?

—Nada de lo que puedo hacer te es desconocido. —Lo dice como si debiera entenderla.

—¿De dónde ha salido ese poder? —pregunto, intentando un enfoque diferente.

—Del Mors —responde Mara mientras da un golpecito en el suelo con el pie—. Me proporciona todo lo que necesito. Por eso, si me alejo, mi poder se ve limitado.

—Pero… —Hablar me cuesta esfuerzo—. ¿De dónde ha sacado el Mors tanta fuerza?

Los ojos que me clava la Muerte reflejan una sutil curiosidad. Creo que mi ignorancia le resulta divertida.

—El Mors es todo lo que fue y todo lo que pronto será —dice por fin—. Su poder no fue inventado ni creado. Es infinito.

Asiento, pese a que sigo sin entender nada.

Se gira hacia una choza con techo de listones y señala a los árboles entrelazados que hay junto a ella. Las ramas retorcidas, frágiles y pálidas bajo la suave brisa, se enroscan unas en otras. Es imposible saber dónde termina un tronco y empieza el siguiente.

—Aquí es donde el Destino se encontró con la Fortuna y nació la Muerte. —Mara ha bajado la voz—. Donde comenzó la eternidad.

Una vez más, no estoy seguro de comprenderla. Pero tengo la sensación de que ese acertijo no iba dedicado a mí, al menos no del todo.

—Esos árboles se parecen a los del Mors —comento, en lugar de hacer otra pregunta que seguramente no me responderá.

—Sí. —Tiene la mirada perdida—. Se parecen.

Los golpecitos del pie contra el suelo se repiten al menos una docena de veces antes de que me vuelva a mirar y musite dos palabras:

—Con serenidad.

—¿Serenidad? —repito.

—Así es como hay que morir.

No puedo evitar una carcajada.

—Creía que era justo lo contrario. ¿No se supone que tengo que luchar hasta el final?

—Es lo que hacen muchos —responde, seria—. Pero no sirve de nada que el alma se resista. Cuando el destino de alguien está sellado, la esperanza no es más que un estorbo.

—Entonces ¿tú no tienes ninguna esperanza? —pregunto sin pensar.

—La esperanza es para los vivos.

Me entristece oír la tensión de su voz. Puede que la conexión que tengo con ella solo se deba al inminente final al que pronto me arrastrará, pero aun así para mí es muy real. Como si llevara toda la vida buscando una compañera y la hubiera encontrado por fin en la Muerte.

—En ese caso… —me encojo de hombros y sacudo la cabeza—, seré el latido de tu corazón.

Una ola de emoción se estrella contra la máscara de impasibilidad de Mara.

—¿Qué?

—Por el momento, sigo vivo —le recuerdo—. Así que puedes tener esperanza a través de mí. Si lo que necesita la esperanza es un corazón que palpite, yo seré el tuyo.

Los ojos, enormes y castaños, me observan en silencio y luego parpadean.

—Nadie, jamás... —Traga con dificultad—. Gracias.

Sonrío con tristeza.

—Hasta la Muerte se merece un poco de esperanza.

—No hace falta que mueras con serenidad —balbucea Mara. Nunca he visto a nadie ruborizarse de forma tan sutil—. Muere como quieras. Sea cual sea tu manera de salir de la línea de la vida, yo te recogeré.

Medito unos instantes.

—¿Te resulta más fácil si no me resisto?

—Muchísimo.

—Entonces, decidido. —Alzo la mirada hacia las estrellas—. Iré sin resistirme. Por ti.

Cuando bajo por fin los ojos hacia la Muerte, casi no puedo creer lo que veo.

Está sonriendo.

CAPÍTULO 23
Kitt

Llueven pétalos mustios, como cenizas arrastradas por el viento.

Como un presagio al que debería prestar atención.

Sin embargo, dejo que se me acumulen en el cabello, que acaricien mi rostro. Algunas flores testarudas todavía se aferran a las ramas que se entrelazan por encima de mí, pese al tirón incesante del viento. Tiempo atrás, aquellas flores de vibrantes colores rebosaban vida, antes de que llegara aquel frío intenso. Antes de la muerte de todo lo que yo conocía.

Tal vez sea algún extraño paralelismo que ahora mismo no me interesa explorar.

Mientras recorro el sendero, un temor que reconozco se me instala en el pecho. Aprieto el paso y así, por fortuna, queda atrás la asfixiante nube de imperiales. Prefiero que no sean testigos de la debilidad de su rey.

Cuando me adentro en la sombra amenazante de la Arena, el zumbido en los oídos amortigua los gritos de excitación que retumban en el interior. Un ataque de tos me sacude el pecho y desgarra mi cuerpo dolorido. Es algo antinatural que está agazapado en mi interior y se enrosca alrededor de mi poder de dual oprimiéndolo hasta dejarlo sin aliento. Entre jadeos, casi sin poder respirar, apoyo la mano en uno de los túneles de entrada del estadio. Me siento como si el alma se me estuviera partiendo en dos.

Al levantar los ojos, me encuentro la mirada de la Muerte, que me observa. Extiende la mano hacia mí, compasiva…

—¡Majestad!

El grito del imperial interrumpe la conexión con la plaga que me arde en las venas. Sacudo la cabeza para despejarme y liberarme de ese trance doloroso.

—Estoy bien —mascullo con los dientes apretados; suena débil y poco convincente. Toso de nuevo y saboreo la sangre al hacerlo.

Me enderezo y, tras hacer acopio de la poca dignidad que me queda, me adentro en el túnel de piedra con paso firme. Los imperiales me pisan los talones; las miradas recelosas que me lanzan son como un picoteo en la espalda.

«Me ven débil. Como me han visto durante toda mi vida».

Esa idea siniestra me atraviesa la mente sin previo aviso. Hasta mi propio poder me parece que está al límite; las emociones, cada vez más intensas, amenazan con desbordarse y arrastrarme con ellas.

—¿… quieres recuperarte antes de dirigirte al pueblo, majestad?

Vuelvo la mirada en seco hacia la figura enmascarada.

Un imperial que se preocupa por mi bienestar, como esos molestos curanderos. Como si yo fuera el amable príncipe de antaño y no el gran rey que soy ahora. No tiene ni idea del poder que me corre por las venas.

Me late la cabeza con insistencia.

«Débil. Débil. Débil».

Algo se quiebra dentro de mí.

—Si vuelves a insinuar que soy menos que un dios, vas a acabar suplicando mi perdón.

El imperial, boquiabierto, se esfuerza por encontrar una respuesta.

—Por supuesto, majestad —balbucea al fin.

Cierro los ojos un instante para controlar la furia que me ciega. Apenas me sostengo sobre los pies.

«¿Qué diablos acaba de pasar?».

Esa histeria fugaz es como un recuerdo borroso que me cuesta retener. Me da vueltas la cabeza, y de repente me pregunto el porqué de este pánico. Sacudo el cuerpo un poco para despejarme, y lo que haya provocado que se me dispare el corazón queda arrinconado en algún lugar de mi mente.

—¿Qué hacemos aquí parados? —Mi irritación sorprende a los imperiales—. La Prueba final nos espera.

Y, con esas palabras, me adentro en las entrañas de la Arena.

Mientras Ilya entera da la bienvenida a su rey, el cuerpo me vibra de poder. Deslizo la mirada sobre la multitud enfervorecida y me siento más poderoso que nunca. Saludo con la mano en alto y me dirijo al palco de cristal; el estruendo de pies a mi alrededor multiplica por mil el sonido de mis pasos.

Entro en aquel espacio acogedor y me acomodo con suavidad en el asiento acolchado. Contemplo el ruidoso estadio mientras muevo los dedos sobre el brazo mullido de la silla a un ritmo acompasado. Bajo mis pies se extiende el Pozo; es un mar de arena en el que se distinguen cuatro figuras. Sus ropas blancas destacan contra el muro de piedra, aunque solo tres de ellos poseen la habilidad que los hace merecedores de llevar el atuendo de los vistas.

«Esto es el principio del fin».

Cambio de postura en la silla, incómodo.

«Ya no hay vuelta atrás».

El martilleo en la cabeza regresa en cuanto Paedyn pisa la arena. Voltea a verme y el corazón me deja de latir. Noto en la nuca el peso de la mirada de Calum, que ha entrado en el palco, y me levanto de modo instintivo ante la presencia de Paedyn; quizá porque sé que puede que sea la última vez que estoy aquí. Los ojos de Paedyn suplican una respuesta de los míos: fe, perdón, amistad, algo… Abro la boca en un intento inútil de formular una despedida adecuada. Quizá un «gracias» por el papel que va a jugar en mi legado, sin saberlo. Pero lo único que me sale es una culpa que me atenaza las tripas con tanta fuerza que acabo apoyando la mano sobre el cristal.

Ya no siento por ella lo que sentía antes. No como lo siente Kai. No, ahora Paedyn Gray no es más que un peón en una partida que ni siquiera sabe que se está jugando.

Pero no sé si es posible odiar algo tan innegablemente vivo como ella.

Me enderezo y luego me siento de nuevo, poco a poco. De todas formas, tengo que intentarlo.

Un carraspeo de Calum me recuerda que debo concentrarme en proteger mis pensamientos contra el leementes. Quizá demasiado; casi no oigo la pregunta que me dirige por fin.

—¿Cómo te encuentras, Kitt?

Mantengo la mirada clavada en el estadio.

—Muy fuerte.

—Por supuesto.

—Vamos, no finjas que no te sorprende —le respondo con un murmullo—. Los curanderos esperan que caiga muerto de un momento a otro y los eruditos a duras penas pueden contener su entusiasmo. —Lo miro de reojo—. Pero estoy mejor que nunca. Así que no contengas la respiración mientras esperas que la mía se detenga.

—Por supuesto, majestad. —Calum señala con un gesto a un imperial que hay al otro lado del cristal—. Solo lo pregunto porque ese imperial de ahí parece convencido de que estás perdiendo la cabeza.

—¿Qué? —La carcajada de incredulidad casi me hace atragantarme.

Calum cruza los brazos a la espalda.

—Así es. ¿Es posible que haya habido algún incidente antes de entrar en la Arena?

Sacudo la cabeza, sorprendido por la mentira absurda que se ha inventado el imperial para entretenerse. Nuestra caminata hasta el estadio ha transcurrido sin incidentes. Tras atravesar el túnel de árboles, hemos…

Me asalta una duda, como si mi mente se sintiese frustrada ante la mera sospecha de que haya olvidado algo.

Carraspeo.

—No pasó nada mientras veníamos a la Arena.

Tras esas palabras me giro para dar por concluida la breve conversación. Contemplo a un grupo de imperiales que empujan a Paedyn hacia el Pozo y luego salgo a la galería que lo rodea. Algo aturdido, me paro junto al barandal; a mi lado se detiene una amplificadora que me pone la mano en el hombro con suavidad.

—Ilynos, sean bienvenidos a la última Prueba de Paedyn Gray. —Mis palabras reverberan por todo el estadio—. Hoy tendrá que demostrar su brutalidad.

Sigo hablando, pero lo único que recuerdo es el rostro de Paedyn, que palidece; e incluso eso no es más que una imagen borrosa tras la máscara de indiferencia que me he forzado a adoptar. Kai no es el único Azer que se ve obligado a representar su papel.

«Kai».

Está en el Pozo y se dirige hacia Paedyn a ritmo pausado. Ella no es capaz de darse la vuelta y enfrentarse al destino al que yo mismo la he condenado.

Pero ese no es mi hermano. No, en realidad hago esto por mi hermano.

Pese a la admirable tenacidad de Paedyn, Makoto Khitan va a tener por fin la oportunidad de librarnos de ella. Cuando me reuní con él en un callejón envuelto en la penumbra, agradeció disponer de la oportunidad de vengarse. Y yo voy a aprovecharme de ello para mantener a Kai a mi lado. Sin embargo, no puedo evitar bajar la vista al oír el primer grito que escapa de la garganta de Paedyn. Como me prometió en aquel callejón sombrío, cuando nos convertimos en aliados a la fuerza, mi portador disfrazado desata sin reservas el codiciado poder que posee.

La vulgar se ve obligada a enfrentarse al élite definitivo.

«Lo hago por Kai. Por nosotros».

Una nube de arena los rodea y difumina sus movimientos. Entrecierro los ojos y, a través de la neblina, logro distinguir la figura de Paedyn, ensangrentada, suspendida en el extremo de una espada. Sin aliento, me levanto de un salto y casi apoyo la frente contra el cristal. Dirijo la mirada hacia la pantalla que se alza sobre nosotros y contemplo la tristeza y la resignación que se apoderan del rostro de Paedyn. Murmura unas palabras destinadas al hombre que ama… Pero no es él quien las oye.

«No soy un monstruo. No soy un monstruo. No soy un monstruo».

Contengo el aliento, esperando que la espada atraviese el pecho de mi prometida. Pero lo que veo es algo muy distinto, un cambio repentino. Soy testigo del momento exacto en el que Kai —Mak, en realidad— se condena a sí mismo por debilidad. Por Paedyn Gray.

No es el primer hombre que comete ese grave error.

El portador interrumpe la conexión que lo une con el poder tele. Y, cuando Paedyn se arrodilla, él también se inclina.

Agito la cabeza y contengo una risotada histérica.

Se diría que, sea cual sea el cuerpo, sea cual sea la ocasión, Kai Azer siempre escoge a Paedyn Gray.

Así que, cuando el mismo puñal que le desgarró el cuello a mi padre le atraviesa el pecho, me obligo a mirar.

Ese es el resultado de amar a Paedyn Gray: la destrucción.

Juro que salvaré a mi hermano del destino que ella representa.

La Muerte me espera en mi estudio.

—Llevé su alma al Mors —dice.

Me siento en el gastado sillón de cuero de mi padre.

—La escogió a ella. No era Kai, y aun así la escogió a ella.

—Tienes peor aspecto —comenta como única respuesta. La sinceridad es admirable, aunque quizá algo exasperante.

Dirijo la mirada hacia ella, de pie junto a la chimenea.

—Nunca me he sentido mejor.

CAPÍTULO 24

Mara

La Muerte se sorprendió mucho cuando tuvo que arrastrar al Mors el alma vengadora del enamorado de Adena.

Era la que menos habría esperado encontrarse. Es un hombre bastante discreto; un tele en los barrios bajos, un portador en la Arena. Pero el poderoso hombre no se resistió, ni tampoco suplicó. No, había elegido conocer a Mara, y fue Paedyn Gray quien lo entregó a la Muerte.

En este momento está sentada en el suelo de una celda, entre los dos hermanos, y parece que quiera quedarse ahí. El hombre yace frío, en el suelo; el alma ya no se encuentra bajo el puñal que le sobresale del pecho inmóvil. Sus rasgos parecen relajados, tranquilos. A diferencia de la mayoría, en su destino ha encontrado la paz.

Se llamaba Mak. Ya nadie volverá a llamarlo de ninguna manera.

Paedyn lo llora en silencio durante largo rato. Kai la escolta a un lado; Kitt, al otro. La mirada del rey se cruza con frecuencia con la de Mara, que está situada al otro lado de los barrotes. Ella comprende con indiferencia que la muerte de este hombre mancha aún más las palmas ya sucias de tinta de Kitt. Pero, al igual que las muchas otras malas decisiones que ha tomado, a ella no la perturba. Es la Muerte. No le corresponde juzgar los fallos de un humano aferrado a la esperanza.

Además, su propia brújula moral es más que dudosa, y este chico es el primero que la ha visto desde que comenzó la eternidad. Ahora es para ella su norte (una concesión muy peligrosa del afecto de la Muerte). Todo lo demás ha quedado en el olvido.

Kitt es el latido de su corazón.

Mara no sigue allí mucho tiempo. La congregación silenciosa en torno al cadáver le resulta tediosa. La Muerte se ha vuelto insensible al dolor; le parece inútil y, sobre todo, aburrido.

Tiene otras almas de las que ocuparse.

Lenny y Blair están sentados en un camastro destartalado en los barrios bajos. Han tenido el sentido común de marcharse a la casa del imperial y están comiendo una hogaza de pan duro.

La tele parece enojada. Esto promete.

La Muerte se sienta en el suelo, ante ellos, como una niña que se prepara para leer una historia interesante.

—No puedo creer que vivas aquí.

—No me hice imperial por el dinero —masculla Lenny con la boca llena de miga seca—. La verdad es que fue para ayudar a la Resistencia.

—¿Y ahora que has fracasado? —pregunta Blair con su habitual tono despectivo—. ¿Por qué vas a seguir siendo imperial?

El aludido traga saliva. Mara lo observa mientras da vueltas a la pregunta.

—No estoy seguro.

—Pues déjalo —sugiere.

Transcurre un largo instante mientras los dos dan mordisquitos al pan. La Muerte los mira. Son su última fuente de entretenimiento, y ahora mismo no la están entreteniendo nada.

—¿Y si me voy contigo? —propone Lenny de repente.

Ah, esto se anima.

Blair le clava una mirada escrutadora.

—¿Qué?

—A ver… —Se gira hacia ella en el camastro—. Ya está decidido que te voy a llevar a Tando. ¿Y si… y si me quedo allí? No sé bien lo que quiero, pero ya lo averiguaré —se apresura a añadir—. Allí no hay jerarquía de poderes, estaría más cerca de mamá…

—¿De qué hablas, zanahoria?

La tele parece espantada. Contiene la respiración.

La Muerte observa a las dos almas, encantada de haber dejado la celda húmeda.

Lenny mira con timidez a la que era su protegida (ahora es mucho más), que tiene los ojos clavados en él.

—He pensado que podríamos darnos una vida el uno al otro.

—No. No pienses eso —ordena Blair—. No pienses en mí. No deposites tus esperanzas en un corazón vacío.

El imperial niega con la cabeza. Empieza a estar molesto.

—¿Sabes cómo te localicé en los barrios bajos aquella noche, cuando te escapaste? —Blair lo contempla con algo menos de desafío en la mirada—. Porque ya entonces te conocía. Tu corazón no está vacío. Lo escucho en el silencio. Trato de memorizar su ritmo, y me odio a mí mismo porque no puedo hacerlo.

Esas palabras son el equivalente a agarrarla por los hombros y sacudirla. Mara es incapaz de apartar la vista.

—¡Blair! ¿No lo entiendes? —Traga saliva—. Te reconocería por el latido de tu corazón. Eso significa mucho.

(Mara recuerda con amargura lo que era escuchar declaraciones así. Pese a todo, se ha pasado la última parte de la eternidad buscando alguna espinita de amor que se le quedara clavada en la piel. Tal vez para recordarse por qué se convirtió en la Muerte y decidir si ha valido la pena.)

La tele lo mira, incrédula, con la respiración entrecortada.

—No te estoy pidiendo que me quieras —sigue Lenny en voz baja—. Ni siquiera tengo que caerte bien. Por ahora. Y puede que el que habla sea mi sexto sentido, pero me siento atraído hacia ti, Blair Archer. Por cruel que seas. —Se ríe sin poder evitarlo—. Y no sé qué hacer al respecto, solo seguir el sonido de tu corazón allí donde me lleve.

Blair lo mira, parpadea.

La Muerte se ha quedado muy impresionada ante esas palabras (aunque por su cara nadie lo diría). Ha empezado a creer de nuevo en el amor. No en las promesas vacías de su pasado, sino en la amistad intensa del presente. Estas almas no arden con una pasión arrasadora, pero, muy a su pesar, pueden florecer para convertirse en algo especial.

—Eso que dijiste —empieza la tele muy despacio— fue tan estúpido como de costumbre.

—Mira, ya sé que parece una tontería…

—Pero, de todas tus palabras —lo interrumpe—, son las únicas que no he detestado oír.

En el rostro de Lenny se dibuja una amplia sonrisa.

—¿Tú sientes lo mismo?

Mara se acerca un poco más para mirar a la tele.

—No he dicho semejante cosa.

—Tu corazón te late muy deprisa.

—Te puedes quedar en Tando —replica Blair—. Pero, si quieres dejarte ver conmigo, vas a necesitar ropa.

—Hecho —accede el imperial.

—Bien. —El tono de Blair es cortante—. ¿Cuándo nos vamos?

—En cuanto Paedyn ocupe el trono —responde Lenny.

—Me lo imaginaba. —El sarcasmo combina con los ojos en blanco.

El imperial, que ya está acostumbrado a esta actitud, hace caso omiso.

—Tengo que hablar con ella. Le diré que me marcho después de la boda.

Se levanta y estira las largas piernas.

Blair resopla.

—Aquí estaré.

—Ya lo sé.

—¿Por el sonido de mi corazón? —gruñe la tele casi de mala gana.

Lenny voltea para dedicarle una sonrisa.

—Es el sonido que me guiará de vuelta a casa.

—Lárgate. —A Blair le cuesta disimular la sonrisa. La Muerte empieza a pensar que, en el fondo, es una romántica incurable—. O cambiaré de opinión sobre lo de dejar que vengas conmigo.

El imperial obedece, se marcha con el alma luminosa y una sonrisa bobalicona en la cara. Al verlo, Mara siente cierta tristeza. Aquí no queda apenas nada que pueda estudiar. Su yo hastiado buscó a esta pareja imposible a la espera de verlos condenados, pero ahora la Muerte considera que su conexión única roza lo empalagoso.

Da igual. Mara volverá a verlos algún día.

En esta vida, quizá.

Pero en la muerte sin duda.

CAPÍTULO 25

Kitt

Cincelo cada pensamiento en la página.

Las salpicaduras de tinta amenazan con ahogar las palabras.

Pero sigo escribiendo.

Necesito liberar la mente.

Un momento de silencio… Necesito un momento de silencio.

Ya no recuerdo la mayoría de mis días. Y es casi un alivio.

La plaga me está devorando la mente… No me la arrebates, por favor… Es lo único que me queda.

«No te lleves mi mente».

Sorprendido, miro las palabras garabateadas frente a mí.

No recuerdo haberlas escrito.

Al darme cuenta, alcanzo uno de los frascos alineados en la mesa y trago el contenido, turbio y de fuerte sabor, aunque sé que en realidad no me sirve de nada. Me estoy muriendo; la mismísima Muerte me lo ha confirmado. Y fingir que la medicina sirve de algo me ayuda a recuperar cierta apariencia de control, a no sentir que me deslizo hacia lo desconocido, que sucumbo a un destino que yo mismo provoqué.

Pero el abismo solitario del Mors tendrá que aguardar. Hoy me espera algo infinitamente más traicionero.

Me voy a casar.

Antes creía que semejante afirmación sería el resultado del amor. Ahora sé que no.

Abro un cajón con los dedos manchados y dejo a la vista la ornamentada tapa de un joyero. El polvo se ha acumulado en las filigranas onduladas del escudo de Ilya, pero, cuando saco el gastado objeto de madera y lo deposito en la mesa, sigue siendo suave al tacto.

Recorro con la mirada ese recuerdo íntimo.

Mi padre y mi madre son una prueba de lo ingenuo que he sido. Hubo un tiempo en que creí que la devoción que sentían el uno por el otro era inquebrantable. Pero la prueba contenida en el joyero de Iris Azer me demostró lo contrario.

Su deslealtad me pesa como una condena.

Puede que quien se sienta en el trono no sea más que un bastardo.

El dolor me atraviesa el pecho. Toso y noto en la boca el sabor de la sangre. La cabeza me da vueltas con violencia…

Y luego se hace la calma.

Durante un momento maravilloso.

—¿Kitt?

De repente, la Muerte está a mi lado.

—Mara —jadeo. El dolor ha desaparecido. De hecho, me siento casi bien—. ¿Has venido a desearme suerte antes de la boda?

Ladea la cabeza, con ese gesto peculiar tan suyo.

—Ya lo hice. La oleada de poder y de dolor que has sentido fue lo que me trajo. —Me estudia con atención—. De eso hace ya algún tiempo.

—Cierto —digo, inseguro—. Lo... Lo sé.

—No, no lo sabes —me responde la Muerte, con un tono que en otras personas sonaría a reproche, pero en ella es solo curiosidad—. No te acuerdas de nuestra conversación.

Estoy a punto de decir algo, de negar la terrible verdad que ha descubierto, hasta que poso los ojos sobre la mesa de escritorio vacía.

—¿Dónde ha ido a parar el joyero? —pregunto, confuso—. Estaba aquí, yo...

—Se lo entregaste a tu prometida —explica Mara—. Yo te acompañé.

—¿Por qué...? —Me pellizco el puente de la nariz; el insoportable dolor de cabeza está regresando—. ¿Por qué haría yo algo así?

La Muerte intenta encogerse de hombros, aunque nunca termina de hacerlo bien.

—Los humanos son muy sentimentales. Querías que Paedyn llevara una joya que había pertenecido a tu madre.

Las cartas de amor seguían dentro.

¿Qué demonios me está pasando?

Quizá piense que las escribió mi padre.

—Mierda —mascullo.

Necesito que crea que son de mi padre.

Ella no debe enterarse. Nadie puede saberlo.

No soy un bastardo. Soy un rey.

No puedo ser un bastardo. Tengo que ser un rey.

Un monstruo… ¿Y si eso es lo único que soy, un monstruo?

—¡Mierda!

La última maldición la dije en voz mucho más alta. Me sujeto la cabeza, como si eso bastara para acallar el ruido que hay en su interior. La corona de ramas entrelazadas me araña las palmas de las manos.

Mara me observa sin pestañear.

—Pérdida de memoria. La plaga empieza a tomar el control. Hay un límite para lo que pueden soportar los vivos.

—Estoy bien —digo entre jadeos.

—¿Por qué sigues empeñado en alcanzar la grandeza? —Es una pregunta directa—. Conoces el destino que te aguarda y, aun así, te vas a casar.

Tengo la boca seca.

—Ya sabes por qué, Mara. Esa grandeza no es solo para mí. Aunque yo no llegue a disfrutar de este nuevo mundo que estoy creando, al menos Kai sí lo hará. Su legado será objeto de reverencia. —La idea me hace sonreír—. Yo me aseguraré de ello, porque, aunque la vida le haya asignado un papel macabro, no es lo bastante fuerte para llevar a cabo lo que hace falta.

Mara me observa, aunque con menos intensidad de lo habitual en ella. Los ojos castaños me estudian el rostro, me recorren las cejas, los labios, el alma que parpadea bajo los rasgos. Que te roce la mirada de la Muerte es una sensación íntima y extraña.

Ladea la cabeza y el cabello castaño se derrama sobre sus hombros, desprovistos de un manto que los cubra.

—Eres lo mejor que puede ofrecer este linaje Azer. Lo digo con conocimiento de causa.

Veo un pergamino manchado de tinta.

—Cuando descubran lo que hiciste, muchos estarán en desacuerdo contigo.

Empiezo a tamborilear los dedos sobre el escritorio de madera.

Mara da un lento paso al frente y extiende la mano para rozar la mía. El tacto es frío y desconcertante.

—La mayoría de la gente no aprecia el arte de la brutalidad necesaria —me tranquiliza—. Pero yo no soy la mayoría. Yo soy todos.

La agonía me parte en dos.

Y luego…

Estoy frente a la corte y los contemplo desde la tarima cubierta de flores. A mi lado, la corona de la reina aguarda la cabeza de Paedyn.

Las puertas se abren de par en par.

Estoy en medio de mi boda, y no recuerdo haber llegado hasta aquí.

Paedyn Gray avanza hacia mí con una mirada de espanto en los ojos.

No soy el hermano que ella quiere.

¿Soy lo que quiere mi hermano? ¿O la escogerá a ella, siempre a ella, solo a ella…?

Aprieto los dientes y lucho por permanecer en el momento presente.

Jugueteo con los botones de mi elegante túnica.

Paedyn se reúne conmigo en el altar. Le tiendo la mano.

La examino con rapidez, buscando el destello de alguna joya. Pero mi futura esposa no lleva nada que haya pertenecido a mi madre, ni tampoco tiene la expresión de quien acaba de descubrir un secreto escandaloso.

No ha encontrado las cartas.

El erudito recita una serie de frases que apenas oigo.

Estoy demasiado concentrado en evitar que mi mente se hunda en la confusión.

Digo «sí, quiero» cuando así me lo indican.

Me sorprende que Paedyn sea capaz de musitar esas mismas palabras. En verdad, sería capaz de cualquier cosa a cambio de una Ilya unida. Y yo pienso mantener esa promesa.

Pronto, todos estaremos unidos. Como élites.

Me indican que bese a la novia.

Una parte de mí creía que, a estas alturas, Kai ya habría entrado en el salón del trono hecho una furia. Pero no ha sido así, y eso me da esperanza.

Le doy un beso fugaz a su amada.

Kai no lo sabe aún, pero todo esto es por él. Por nosotros. Siempre.

Nos giramos hacia la multitud, con los dedos entrelazados.

Entre el mar de rostros descubro a la Muerte, que me mira.

Su presencia es muy apropiada.

Porque una parte de mí acaba de morir.

El amor es un lujo.

Y el chico inocente que creía lo contrario ahora yace en una tumba de flores.

CAPÍTULO 26

Mara

Los ojos de Mara se posan en el reguero de sangre que corre por los peldaños de piedra.

Mana del hombre derrumbado que hay junto a ella, cuya vida se escapa por la herida del pecho. La Muerte tiene que cumplir su deber, llevar esta alma al Mors y todo eso, pero se toma un momento para admirar semejante acto de violencia innecesaria.

Kitt le clavó una espada en el corazón con una indiferencia despiadada que asombró a la mismísima Muerte. Nunca antes había visto a esta alma, pero no cabe duda de que el rey se la entregó por algún motivo. La convicción de Kitt es admirable.

Es igual que la Muerte.

Los dos hacen lo que deben hacer.

Mara se lleva al otro mundo al alma estoica mientras el rey y la reina conversan en susurros, y no puede evitar pensar en la feliz pareja mientras recorre los terrenos cenagosos del Mors. Lo de «feliz pareja» es una manera de hablar, claro. Para deleite de Mara, parecen desdichados cuando están juntos. No, la Muerte no se siente amenazada por Paedyn Gray. Admira su alma testaruda, sin duda, pero esta vulgar, como llaman a aquellos a los que la plaga no afectó (Mara va a hablar del tema con los árboles) no está destinada a este Azer. No, su alma está enlazada con la de su hermano.

Y Kitt pertenece a la Muerte. Para siempre.

Deja al hombre desorientado en una zona de tierra reseca.

—... me mató. ¡A mí! Que lo hizo todo por él, por su padre... Y todo por miedo, porque es un bastardo...

Mara siente una punzada de dolor en el pecho, justo donde se le está descongelando el corazón.

Kitt no confió en ella.

Quiere atribuir este error de juicio a su fragilidad mental. Porque algo tan importante lo habría compartido con ella, lo sabe. La conexión que hay entre ellos es más profunda que ninguna que la Muerte haya experimentado (al menos en esta vida). Una relación así es intrínseca a los seres que la comparten.

Es el destino (y el último hombre sobre el que Mara pensó eso se encontró con el suyo... de forma brutal).

La Muerte es, sobre todo, obsesiva. Todos los seres acumulan fallos, y Mara es más consciente que nadie de los suyos. Su inteligencia y su insaciable curiosidad están a la par con su tendencia a ser posesiva. Nadie es perfecto. Pero lleva mucho tiempo enterrando esa parte de sí misma, y, la verdad, ya empieza a estar cansada.

La Muerte no tiene la culpa de que Kitt Azer la haga sentirse joven. Viva. Como si mirara a los ojos de un amante largo tiempo perdido.

Mara dedica un tiempo (en el Mors es imposible saber cuánto) a recoger almas atrapadas en los cadáveres fríos. Ha descuidado su misión desde que empezó a sentirse intrigada (algunos dirían que atraída) por el rey. Por eso, la Muerte escucha las quejas de las almas que arrastra, y hasta se disculpa por no haberse ocupado antes de ellas. No es ningún monstruo.

Cuando Mara vuelve de nuevo a la tierra de los vivos, la noche ha caído ya sobre Ilya. Se dirige al estudio del rey con demasiado entusiasmo para ser la Muerte, algo que se nota en su expresión. Kitt está como siempre, inclinado sobre un montón de pergaminos, escribiendo sin pausa.

—Por lo visto me perdí tu segunda boda —saluda Mara.

Conocía los planes de hacer una segunda ceremonia en Saqueo. Estos humanos son muy extraños.

El rey no alza la vista de las palabras que va plasmando en tinta sobre el papel. El pelo dorado le sobresale de la corona de ramas entrelazadas. Apenas dice unas pocas palabras:

—No… Tengo que seguir escribiendo… antes de que sea tarde…

Hum. Parece que la Muerte lo encontró en mal momento. La plaga controla su mente ya, o tal vez es un poder demasiado dominante, Mara lo sabe bien. Pero esto no la detiene. Kitt dejará de aferrarse a la Vida y pertenecerá por completo a la Muerte.

—Arrastré al Mors el alma que mataste. —Mara se sienta ante el escritorio del rey—. No estaba nada contento.

Esas palabras parecen despejar las nieblas de los ojos de Kitt. Parpadea como si despertara de un sueño.

El rey ha vuelto. Aunque solo sea por un momento.

—Calum —murmura. Los ojos verdes (el punto débil de Mara en todas sus vidas) se clavan en la tinta que le mancha las manos—. No sé qué me pasó. Era una amenaza, y de pronto… De pronto, lo atravesé con la espada.

La bota de la Muerte tamborilea contra la alfombra desgastada.

—No me dijiste que te preocupa no ser hijo legítimo.

Una arruga de confusión se forma en la frente, justo encima de esos ojos por los que Mara se ha vuelto a dejar seducir.

—No quiero que cargues con ese peso.

La Muerte lo señala.

—Todo lo tuyo es mío. Nuestra eternidad empieza muy pronto.

Es obvio que a Kitt le cuesta concentrarse. Sacude la cabeza. Se pasa una mano por la cara.

—¿Cómo que «nuestra» eternidad?

—Bueno, estamos predestinados, claro —se limita a decir la Muerte—. Has sacrificado tu alma para estar conmigo. Juntos, gobernaremos el Mors. —Toma la mano del rey, le acaricia los dedos con los suyos, fríos—. No volveré a estar sola. Estaremos juntos.

Kitt mira las manos unidas.

—Mara… —A ella le gusta el sonido de su nombre hasta que oye la risita—. Me ha encantado tu compañía, y los dos hemos aprendido mucho el uno del otro. Pero…

—Pero ¿qué?

La voz de la Muerte es gélida. Ya ha oído esas palabras antes, de unos labios semejantes a estos.

—Pero eres la Muerte —termina con un suspiro.

Mara deja de dar golpecitos en el suelo con el pie.

—No quería ir a tu encuentro. —Kitt habla con el mismo tono que usan los humanos al encogerse de hombros; sin pensar, sin intención—. Eso supongo que lo entiendes. He disfrutado mucho el tiempo que hemos pasado juntos, pero no podemos... estar juntos. —La mira con gesto compungido—. Lo entiendes, ¿no?

La Muerte lo entiende. Demasiado bien.

Aparta su mano de la del rey con rabia gélida.

—¿Te crees mejor que yo?

—No he dicho eso...

Mara se ríe, y el sonido es brusco y cortante, muy diferente de su estoicismo habitual. El rey se sobresalta.

—¿Crees que no soy precisamente el poder que buscas? —Se levanta muy despacio—. Pocos han tenido la suerte de verme y seguir con vida. Pero ninguno ha sido tan idiota como para rechazarme.

Kitt alza las manos como si se pudiera domar a un ser como la Muerte.

—Te conozco, Mara. —La mira a los ojos helados—. No tengo miedo...

—¡Pues deberías tenerlo! —ruge. Su corazón parado se está rompiendo en dos, y conoce bien ese dolor—. Soy tu Muerte, y no seré compasiva.

El rey se lleva las manos al pecho, hace una mueca ante el dolor que le palpita dentro.

—Mara... Por favor...

—Nadie se burla de mí —brama—. ¡No volverá a pasar!

Kitt ve por primera vez todas las emociones que le alteran el rostro, y todas a la vez: dolor, traición, el recuerdo de un momento idéntico a este.

—No me quieres, pero la vida ya no te quiere a ti. —La Muerte se apoya en el escritorio, inmoviliza a Kitt en su sillón—. Tu alma es mía. Y lo que queda de mí podría haber sido tuyo —susurra—. Ahora, no seré tan delicada.

Mara no es un monstruo… si no la obligan.

Desaparece del estudio y recuerda por qué aborrece a los vivos. Son tan volubles como el destino que juega con ellos. Sí, si Mara tenía anhelos, si ansiaba un ritmo que reviviera su corazón, una caricia que le caldeara la mejilla, unos ojos verdes fijos en ella, todo eso ha vuelto a morir.

Su corazón es un ataúd.

Y cualquier hombre al que deje entrar en él está perdido.

Mara lo piensa con placer.

No es un monstruo, no.

Pero sí es vengativa.

CAPÍTULO 27

Kitt

Voy a la deriva, perdido en un lugar oscuro.

Mi estudio está abarrotado de curanderos.

Intercambian miradas de pesar.

«Se está muriendo», dicen sus ojos.

«Lo sé», responden los míos, hundidos y ojerosos.

Luego, nada.

Nada.

Nada.

Parpadeo y vuelvo a mí mismo. Hay varias cartas nuevas sobre el escritorio.

Detallan la muerte de Calum a mis manos.

Repaso la morbosa verdad con la mirada y comprendo que he dejado huérfana a una hija. Ahora es como yo.

Le explicaría a Mara por qué tuve que hacerlo si no se hubiera desvanecido ya.

Alzo la vista de la página.

La Muerte está frente a mí.

La confusión me enturbia la mente. Apenas comprendo lo que me está diciendo.

Quiere estar conmigo.

Debo de haberla entendido mal.

Ella es la Muerte. Se lo digo.

Mara no se lo toma nada bien.

Empezaba a creer que su reputación era exagerada.

Pero la Muerte se merece el temor que inspira tan fácilmente.

Me duele la cabeza y siento una opresión en el pecho.

He acabado haciendo justo lo que quería evitar: convertir a la Muerte en mi enemiga.

Lo que sigue es la nada.

Luego, mi hermano.

Está al lado de mi esposa. Una visión que no me sorprende.

—Mató a tu padre, no al mío —oigo decir a Kai, con una voz que me suena apagada en los oídos.

La plaga me concede un respiro, suficiente para que pueda oír las palabras condenatorias.

—Paedyn es tu hermana. Yo no.

Otra vez voy a la deriva, desbordado por el traicionero poder que me consume.

No. No, no, no… Tengo que hablar con mi hermano.

Me rebelo contra la oscuridad.

¡Por favor!

Me estoy hundiendo en el olvido.

¡Déjame salir! ¡Déjame salir!

Necesito a mi hermano. Necesito saber que lo que le estoy diciendo…

Nada.

Cuando me zafo de las garras de la plaga, tengo una espada en la mano.

Levanto la hoja para bloquear el atizador que blande Kai.

Jadea. Yo también.

Estamos luchando.

Sonreímos.

Caemos de nuevo en una danza familiar y letal.

Lucho por permanecer en este momento, junto a él.

Pero se desvanece, como todo lo demás.

Una súbita oleada de dolor me trae de nuevo al presente.

Alzo los ojos cansados.

Es Kai quien empuña el atizador.

Pero es la Muerte quien me atraviesa el pecho con él.

Esboza una sonrisa torcida; las manos frías rodean la vara de hierro.

Mara, con su sonrisa amable. Mara, con la nariz manchada de harina. Mara, con el latido del corazón que yo le presté.

Mara, la encarnación de la venganza, empuja el atizador para que me atraviese la carne.

Ella es mi Muerte.

—¡No! —grita Kai—. ¡Esa la tenías que esquivar, Kitt!

Me hurgo la herida con los dedos, que se tiñen de sangre.

—Se me… olvidó.

Igual que he olvidado todo lo demás.

Mi hermano me sujeta antes de que caiga al suelo.

No había imaginado que moriría así.

La plaga se retira a un rincón de mi mente y me deja disfrutar de los últimos instantes de vida.

No siento dolor, en realidad.

Es un alivio.

La Muerte se asoma sobre el hombro tembloroso de Kai con una expresión impasible en su hermoso rostro.

Me aferro a mi alma, que se desvanece.

Estoy con mi hermano. No querría estar en ningún otro lugar.

—Te escribí car… cartas —logro decir. La presencia de Mara en mi pecho oprimido va en aumento—. Para que sepas… por qué soy un monstruo.

Necesito que lo sepa. Y que aun así me quiera. Para siempre jamás.

Por él, volvería a hacerlo todo otra vez.

—Es la hora —dice la Muerte con frialdad.

Centro en ella la mirada, cada vez más borrosa.

—Iré sin resistirme. Por ti.

No hay ningún fogonazo de luz.

Ningún sonido fuerte, ni un fundido en negro.

Kitt (ya solo un alma) se siente un poco estafado.

Algo después (o, probablemente, mucho después, porque ya no tiene conciencia del paso del tiempo, claro) de la muerte anunciada de Kitt, la Muerte perturba su descanso.

Lo cierto es que estaba empezando a acostumbrarse a esa nada absoluta. Únicamente dos estrellas le hacen compañía, aunque suelen mantenerse a cierta distancia. Sí, el difunto rey está solo, pero no siente la soledad. No como cuando vivía.

Kitt está sentado, dejándose acariciar por la nada (que no es arriba ni abajo, ni algo que pueda describirse) cuando Mara se materializa junto a él en la oscuridad. Tiene el aspecto que cabría esperar de la Muerte, sombría y distante. Las hermosas facciones que el rey admiró en el pasado, aunque sin pasión, ahora carecen de cualquier emoción, y parecen más inertes que ella misma.

La mirada vacía lo repasa con gélida indiferencia.

—¿Disfrutas del descanso?

Kitt asiente, receloso ante la volátil presencia.

—Cada vez más. Es muy tranquilo. —Se da cuenta de que es verdad; aquello le gusta—. Hacía tiempo que no lograba acallar así mis pensamientos.

—Estupendo. —La palabra suena cortante en los labios de Mara. No parece contenta por él, sino presa de una morbosa satisfacción al verlo vulnerable. Cuando sus labios fríos esbozan una sonrisa, Kitt teme por la vida que ya no le pertenece—. Ahora puedo arrebatarte esa paz.

El rey caído la mira desconcertado.

—¿Qué?

—Solo te he mostrado esa paz para poder quitártela —le informa la Muerte con frialdad. Lo mira con la cabeza ladeada, un gesto que a Kitt antes le parecía curioso y entrañable—. ¿De verdad creías que te dejaría disfrutar de ese descanso que tanto anhelas?

Kitt se pone de pie, allí, en medio del vacío.

—No… No comprendo.

(Todavía le queda mucho por entender. Sobre todo, el significado del odio, aparentemente repentino, que siente Mara por él, o más bien por el Azer a quien perteneció mucho antes. A menudo, el odio se reconoce en los otros. Y en esta vida se ha quedado prendado de otro par de ojos verdes, pero que, al cruzarse con los de la Muerte, siguen diciendo lo mismo que antes: que es imposible que nadie la ame.)

—Te dije que la muerte no sería compasiva… Que yo no sería compasiva —ruge Mara, y la oscuridad se estremece a su alrededor. Respira hondo, aunque Kitt sospecha que no lo necesita. Luego, poco a poco, la sonrisa inquietante regresa a sus labios—. Y, ahora, posees más parte de mí que ninguna otra alma.

Kitt sabe que ella no pretende que lo entienda, y eso lo asusta mucho.

—Mara, por favor…

—Siempre has estado destinado a ser rey, Kitt. —Lo agarra del brazo, sonriente—. Pero no de Ilya.

CAPÍTULO 28

Mara

5 AÑOS DESPUÉS

El lodo se engancha al dobladillo de la capa de Mara.

La distracción de ojos verdes ya no es más que un alma humillada y a su disposición, así que la Muerte puede darse el gusto de volver a su eternidad. Se pasa los días enteros (y también las noches, porque no duerme) recogiendo almas con un nuevo aprendiz y con una nueva indiferencia. Mara ha aprendido de sus errores. Al menos, en esta vida.

El fallecimiento de un anciano la lleva a Tando. Recorre el plano espiritual hasta dar con el cadáver en una pintoresca casita. Su esposa aún llora frente al cuerpo de expresión serena cuando Mara libera el alma, que sale de la casa protestando porque quería decir adiós a la mujer que llora a gritos. A Mara le habría parecido un gesto dulce si aún creyera en el amor.

Va con el alma por las calles tranquilas, entre los pulcros edificios de ladrillo, hasta que el sonido de una voz conocida hace que se detenga en seco…

—… eres un inútil, zanahoria.

—En serio, no sé en qué estabas pensando cuando me mandaste por los ingredientes.

—Sí, idiota de mí, mira que pensar que ibas a traerme lo que decía en la lista…

Mara no hace caso de las protestas del alma que arrastra y dobla la esquina.

Y ahí están, caminando directo hacia ella: la tele y el imperial.

La capucha del manto cubre el pelo lila de Blair, pero exhibe con orgullo la cicatriz que le sube por la cara. Lenny va junto a ella, casi irreconocible sin el uniforme almidonado. Tiene el pelo más largo y viste ropas sencillas, y rodea con un brazo los hombros de la que fue su protegida.

—Déjame en paz —le ordena esta, intentando quitárselo de encima.

Pero el híper la estrecha con más fuerza e incluso se atreve a darle un beso en la sien.

Blair disimula la sonrisa con una exclamación de repugnancia, pero es innegable: sus almas están entrelazadas de forma irrevocable. Sí, un fulgor verde y dorado los envuelve, los hace uno.

La Muerte los mira con incredulidad (y hasta puede que se le note en la cara).

Porque, pese a todo el tiempo transcurrido, siguen condenados.

Lenny sonríe de oreja a oreja y casi ha pasado de largo junto a Mara cuando, de repente, la mira a los ojos.

La Muerte se queda inmóvil.

El joven sonríe.

—Buenos días.

Para algunos, es un saludo sencillo, cortés. Para Mara, es la primera vez que alguien la ve en años. Todo porque el híper ha despertado su sexto sentido.

Blair mira en dirección a la Muerte y luego resopla antes de girarse hacia zanahoria (apodo que sin duda ahora es un mote cariñoso).

—¿Con quién demonios hablas?

—Con la señora —murmura Lenny—. Está bien que no te haya traído la harina tamizada o yo qué sé qué más era, pero no es para ponerse grosera.

Se voltea para lanzar una mirada de disculpa a Mara, que se limita a parpadear.

Los escucha reñir (por lo visto, hay cosas que no cambian) mientras bajan por la calle y se detienen ante una tienda. La Muerte se da cuenta de que es una pastelería.

Tras el amplio escaparate, Blair se pone un delantal. Lenny se lo ata.

Es su pastelería.

Contra su voluntad, Mara siente… algo al verlos. No quiere analizarlo demasiado, sobre todo porque tiene miedo de descubrir lo que siente. Tal vez felicidad. O, peor, envidia.

Así que sigue andando calle abajo, con un alma destinada al Mors.

Mara no espera más interrupciones, pero no puede ignorar el tirón que siente en el pecho. Sigue la dirección de la llamada sin pensar, porque la Muerte no sabe de nada, solo de esto, lo que sea, que la atrae.

Una calle de mercado se abre ante ella, pero la mirada de Mara se abre paso entre la multitud.

Y ve a una niña que da saltos con una mazorca de maíz en la mano.

Sus padres son de Ilya.

La madre tiene el pelo plateado; el padre, un alma intrigante..

Pero la que atrae a la Muerte es la niña.

Se acuclilla junto a ella; el pelo gris de la chiquilla centellea al sol.

—Hola, pequeña —dice Mara.

La sonrisa que se le dibuja en la cara es luminosa.

—Tienes el pelo muy bonito —le dice la niña con tono dulce.

Paedyn toma a su hija de la mano.

—¿Con quién hablas, Kit?

El nombre casi hace sonreír a la Muerte.

La verdad, podrían haberse esforzado un poco más.

Mara ladea la cabeza para mirar a la niña. Observa cómo pasa de largo la familia feliz.

La chiquilla y su alma prometedora dicen adiós a la Muerte.

Pero volverán a verse.

Mara da golpecitos en el suelo con la bota. Y ya no finge que es el ritmo del latido de su corazón. No, ahora disfruta de no sufrir esa fragilidad.

Porque nada puede confinarla. Ni la vida ni un hombre, desde luego.

Pero tal vez una mujer…

La Muerte sonríe.

Por fin ha encontrado a su rival.

EPÍLOGO

Kitt

Los árboles murmuran cuando pasa por debajo, y las ramas cubiertas de musgo le acarician los hombros cubiertos por un manto.

Kitt no distingue la voz de su madre entre ellos porque no sabe qué tiene que escuchar. Su voz es solo un recuerdo, tan distante y delicado que prefiere mantenerla confinada en su mente. Ahí está a salvo del Mors.

El suelo que pisa con las botas se vuelve más blando y da paso al lodo mientras los delgados troncos son cada vez más escasos. Kitt deja atrás, sin prestarle atención, a otro rey como él, que llora desconsolado junto a la corteza blanquecina de un árbol. Hubo un tiempo en que lo enfurecía la idea de que el padre que tanto lo despreciaba lo ignorara por toda la eternidad. Pero ha aprendido a disfrutar la soledad de su papel en el Mors..., porque se mueve entre las almas que se lamentan sin percibirlo. Ahora encuentra su propia paz en contemplar al hombre trastornado que en el pasado lo fue todo para él.

Porque Kitt ha observado (desde el principio de esta eternidad) los esfuerzos inútiles de su padre por liberar a Iris Moyra de su descanso. En ese mismo momento, la sangre mana de las uñas rotas del antaño temible Edric Azer, que araña la corteza de un árbol como cualquier otro. Kitt lo ve muy convencido de que su esposa reposa en el interior.

(Aunque nunca lo sabrán. El poder de Kitt es limitado y no es capaz de distinguir a su madre o a su hermana pequeña de cualquier otra alma serena integrada en el propio tejido del Mors. Pero, con cierto egoísmo, se alegra de no saber dónde descansan sus seres queridos. En realidad, Kitt Azer se siente avergonzado. No desea que sepan lo que ha sido de él.)

El cielo, siempre gris, pende sobre el pelo rubio de Kitt, sin una corona dorada que lo adorne. Un tirón brusco en el pecho lo obliga a acelerar el paso... Su existencia en el más allá está llena de exigencias. De hecho, ha pasado casi toda la eternidad (hasta ahora) pensando en lo diferentes que podrían haber sido las cosas. Quizá, si le hubiera ofrecido a Mara la compañía que ella tanto anhelaba, ahora no sería un esclavo del Mors. O quizá ese fue siempre el plan de la Muerte..., excepto que quería poseerlo no solo a él, sino también su afecto. Pero a Kitt no le queda amor que dar.

(¿Acaso Mara no supo ver que era casi incapaz de esa emoción?)

Todavía lo castiga por aquel sentimiento no correspondido. Y, pese a que Kitt comprende ahora la plaga y conoce la verdad que hay tras ella, sigue sin entender cómo ocurrió todo. O, más bien, cómo pudo empezar todo con Mara.

—Ve a vigilarla —le dice la Muerte en cuanto Kitt llega al lugar donde suelen reunirse. Es una zona de tierra quebrada y especialmente precaria, y se mantienen cada uno en un lado opuesto. Mara guarda la distancia, fría e indiferente. Kitt mantiene la compostura, con la ingenua esperanza de una amistad en la próxima vida si tiene suerte (y está bastante claro que no es así).

—¿Por algún motivo en concreto? —pregunta, aunque sabe que quizá Mara no se digne a responderle.

Esta vez, para su sorpresa, lo hace.

—Es su cumpleaños. Quiero saber qué está planeando.

Kitt no le hace más preguntas; solo asiente y cierra los ojos para concentrarse.

—Recuerda lo que te he enseñado —añade la Muerte, sin poder evitarlo. Porque, enterrados en lo más profundo de ese corazón gélido, aún le quedan sentimientos hacia los Azer—. Déjate llevar.

Kitt se concentra en ese núcleo cambiante de poder que hay en su interior y sigue las instrucciones de la Muerte. Sí, despierta la formidable somnolencia que se le agazapa entre las costillas. Pero ahora ya no lucha contra ella. La comprende.

Se desliza de un plano a otro hasta que siente bajo los pies una alfombra mullida. Cada vez le resulta más fácil sobrellevar la sensación de mareo y la oleada de poder. Pero no es más que una pequeña fracción de la propia Muerte, y un esfuerzo así lo agota. No obstante, a Kitt, que odia admitir algo así, no le molesta seguir las órdenes de Mara. Lo hace sentir que lo necesitan, lo que era poco frecuente mientras estaba vivo.

Kitt, jadeante, mira a su alrededor y contempla lo que fue su hogar. El castillo tiene un aspecto distinto, más cálido que la última vez que la Muerte lo envió a Ilya. Se pregunta sin demasiado interés cuánto tiempo habrá pasado desde que exhaló su último aliento en el estudio al final del pasillo.

Camina a paso rápido hacia la habitación de la chica, aprensivo ante quienquiera que haya despertado el interés de la Muerte. Sabe muy poco de ese ser misterioso, apenas unos vagos detalles extraídos de las breves conversaciones con Mara. Pero Kitt se equivocó la primera vez al no temer a la Muerte, porque el miedo lo habría mantenido vivo.

Kitt dobla la esquina del pasillo y lo recorre hasta que de repente se detiene en seco.

Allí, con una caja de arándanos maduros en la mano, está la única persona que Kitt Azer aprendió a amar.

—¿… Kitty?

La mirada de Kai se posa en el fantasma de su hermano y los ojos se le llenan de lágrimas. Se estremece, algo que el ejecutor rara vez hacía cuando Kitt aún estaba vivo. Pero ahora es el rey, y quizá eso, por extraño que parezca, le haya dado el poder de expresar sus sentimientos con más libertad.

—¿De verdad eres tú? —balbucea Kai, casi a punto de echarse a reír.

Kitt se fija en que el tiempo solo ha dejado huella en uno de los dos. La barba incipiente oscurece la fuerte mandíbula de Kai bajo unos ojos cuyas comisuras están arrugadas por años de risas. Y, no por primera vez, Kitt se siente engañado. Era él quien debería haber envejecido junto a su hermano.

—Tú... —El sirviente del Mors trata de despejar la garganta, atenazada por la emoción—. ¿Puedes verme?

Los ojos grises de Kai derraman lágrimas.

—Claro que puedo verte, Kitty... Pero no sé por qué...

En ese momento, a Kitt no le importa su muerte, ni su vida, ni lo que podría haber sido. No, lo único que le importa es lo que Kai piense de él... en esta vida o en la siguiente. Pero, después de tantos años, Kai sigue viendo en él a su hermano y no al monstruo en el que se transformó.

—No fue culpa tuya —asegura el hermano muerto.

—Te podría haber salvado. Estabas enfermo, pero...

—Me estaba muriendo, hermano —murmura Kitt, y se le quiebra la voz—. Quien me clavó el atizador en el pecho no fuiste tú, sino la Muerte.

Kai se pasa la mano por el pelo; en las sienes ya van asomando algunas canas.

—¿La Muerte? No lo entiendo. —Está a punto de echarse a reír—. ¿Me estoy volviendo loco?

—No, hermano. —Por él, Kitt hace el esfuerzo de recordar cómo se sonríe—. Pero me pregunto cómo es que puedes verme.

—Te veo por todas partes, Kitt. En cada sonrisa, en cada ondulación del agua, en cada espada que no soy capaz de empuñar. —Kai avanza hacia él—. Y ahora estás aquí de verdad...

—No estoy aquí. —Kitt cierra con fuerza los ojos verdes (los mismos que lo metieron en este embrollo) y las lágrimas le corren por las mejillas—. En realidad, no.

—¿Eres…? Maldición, qué ridículo suena. ¿Eres un fantasma o algo así?

El rey muerto levanta la mirada hacia el rey vivo que tiene frente a él.

—Soy algo mucho peor.

Kai extiende la mano hacia su hermano, que esquiva el contacto.

—Déjame que te ayude, Kitt. Por favor…

—En el Mors, nadie puede ayudarme. —Las palabras suenan apagadas—. Soy la Muerte. No del todo, pero sí lo suficiente para resultar útil. Y es por culpa mía. —Sacude la cabeza—. Jugué con el poder, y acabó por controlarme.

El rey observa sin parpadear al Kitt que tiene delante, tan familiar y a la vez un completo desconocido.

—La plaga —murmura—. ¿Por eso estás así?

La esquirla de la Muerte no responde. También él se está volviendo cada vez más críptico… Debe de ser una enfermedad profesional.

La voz del rey adopta un tono más grave.

—¿Qué es la plaga, Kitt?

—No quieras saberlo.

Kai se frota los ojos, cansado.

—No comprendo.

—No es tu destino entenderlo.

—¿Y tú eres la Muerte? —Las palabras rebosan incredulidad, hasta que una oleada de comprensión las echa a un lado—. ¿Voy a morir, Kitt? ¿Por eso puedo verte?

Los hermanos se observan el uno al otro durante un momento que acobardaría a la mismísima eternidad, porque el vínculo que los une es infinito.

—Todavía no, hermano.

Y de repente Kitt desaparece, arrastrado por su ama lejos de ese plano físico.

Tambaleándose, regresa al Mors, donde Mara lo aguarda. No le dirige la mirada.

—¿Cómo está mi prodigio?

Kitt contesta con mentiras que apenas escucha, porque sus pensamientos están muy lejos, en la tierra de los vivos, donde el corazón le dejó de latir hace años.

Pese a todo, la Muerte parece satisfecha con las respuestas.

—Estupendo. Tenemos mucho trabajo por delante.

Frunce los labios en una sonrisa cruel y luego pronuncia el título burlón que le ha otorgado:

—Bienvenido a casa, rey del Mors.

Engánchate a la saga Powerless